愿有人
与你
相约盛开

安子 著

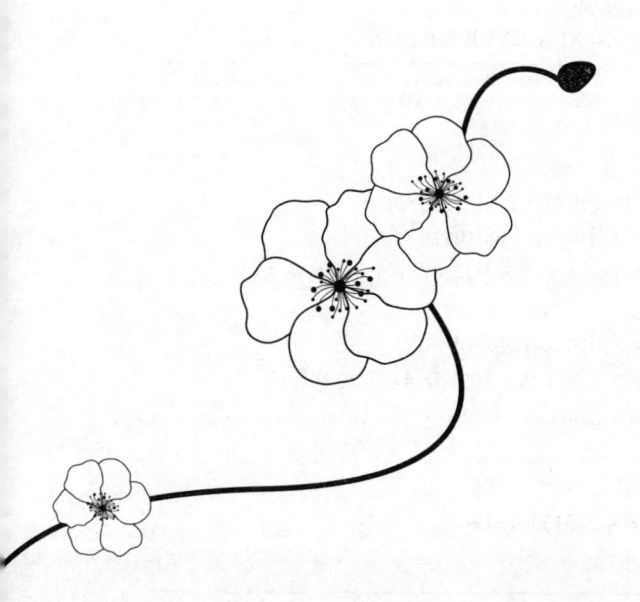

民主与建设出版社

© 民主与建设出版社，2021

图书在版编目（CIP）数据

愿有人与你相约盛开 / 安子著. -- 北京：民主与建设出版社，2017.12（2021.4 重印）
ISBN 978-7-5139-1849-7

Ⅰ.①愿… Ⅱ.①安… Ⅲ.①短篇小说 – 小说集 – 中国 – 当代 Ⅳ.① I247.7

中国版本图书馆 CIP 数据核字 (2017) 第 296936 号

愿有人与你相约盛开
YUAN YOUREN YUNI XIANGYUE SHENGKAI

作　　者	安子
责任编辑	刘树民
封面设计	仙境
出版发行	民主与建设出版社有限责任公司
电　　话	（010）59417747　59419778
社　　址	北京市海淀区西三环中路 10 号望海楼 E 座 7 层
邮　　编	100142
印　　刷	三河市嵩川印刷有限公司
版　　次	2018 年 2 月第 1 版　2021 年 4 月第 2 次印刷
开　　本	880 mm × 1230 mm　1/32
印　　张	9
字　　数	200 千字
书　　号	ISBN 978-7-5139-1849-7
定　　价	38.00 元

注：如有印、装质量问题，请与出版社联系。

自序 ◎

  这是一本岁月的投影仪。在这本书中，记载的是你我他，甚至是我们的父辈们、孩子们，青春岁月里那些勇往直前、跌跌撞撞的幸福和苦难。

  那些让我们泪流满面的青春，那些让我们勇往直前的力量，那些让我们热血沸腾的故事，那些让我们唏嘘不已的过往，那些我们无法放弃却难以抵达的梦想，将永远铭刻在我们心间。

  这里记载的，都是平常人的平常故事，没有鸡汤，没有评述，只有故事。

  那些悲伤的故事、怆然的无奈、青春的记忆和感人的瞬间，以及那些五彩斑斓的青春，都在这里。那些城市里看似稀松平常的小事，那些平凡而温暖的细节，那些倏然让我们心动的画面，都在这里。

　　不夸张、不做作、不煽情，只为记载那些无畏的奋斗和孤身的寻找，那些疯狂的爱情和极致的浪漫。就像一杯杯透明的醇酒，无论是生活的酸甜苦辣，还是人生的悲欢离合，都含在这本书中，将来的你，必将被现在的你所感动，且让我们将生活一饮而尽。

　　我们每个人，都是善良的人；我们每个人，都有一颗柔软的心。钢筋水泥的世界里，我们像刺猬一样披上盔甲，把自己团起来，拒绝伤害的同时，也拒绝了温暖。然而，谁也不可能拒绝内心的感动，你伪装得了外表，伪装不了内心。总有那么一刻，内心深处最柔软的那根心弦，会在瞬间被拨动，让你情不自禁想要落下泪来。这种感动，才是人世间最真实、最温暖的瞬间。

　　莫说你曾经沧海难为水，莫说你历尽艰辛不再相信真情，也莫说你每日为生计忙碌在都市的压力下早已忘却了感动。其实，谁都是有故事的人，在心灵深处，我们都有那么一两个故事，足以温暖我们的日日夜夜。

　　人和人的区别看起来很大，其实不大，每个人都一样会哭、会笑、会难过、会感动。不管是胆小鬼还是傻大胆，不管是老好人还是大坏蛋，都有一颗有血有肉的心。

　　世间没有铁打的心肠，谁都会被感动，感动的瞬间，不一定非要生离死别，不一定非要爱恨纠葛。也许，一个很小很小的故事，一个很短很短的瞬间，足以让你感动。

为什么我们需要温暖，因为我们都是单翼的天使，只有彼此拥抱才能展翅飞翔；为什么我们需要感动，因为我们都有一颗鲜活的心脏，只有感动才能让它更强有力地跳动。

　　青春的岁月，我们身不由己，只因这胸中燃烧的梦想；青春的岁月，放浪的生涯，就任这时光奔腾如流水。

安子

2017 年 5 月

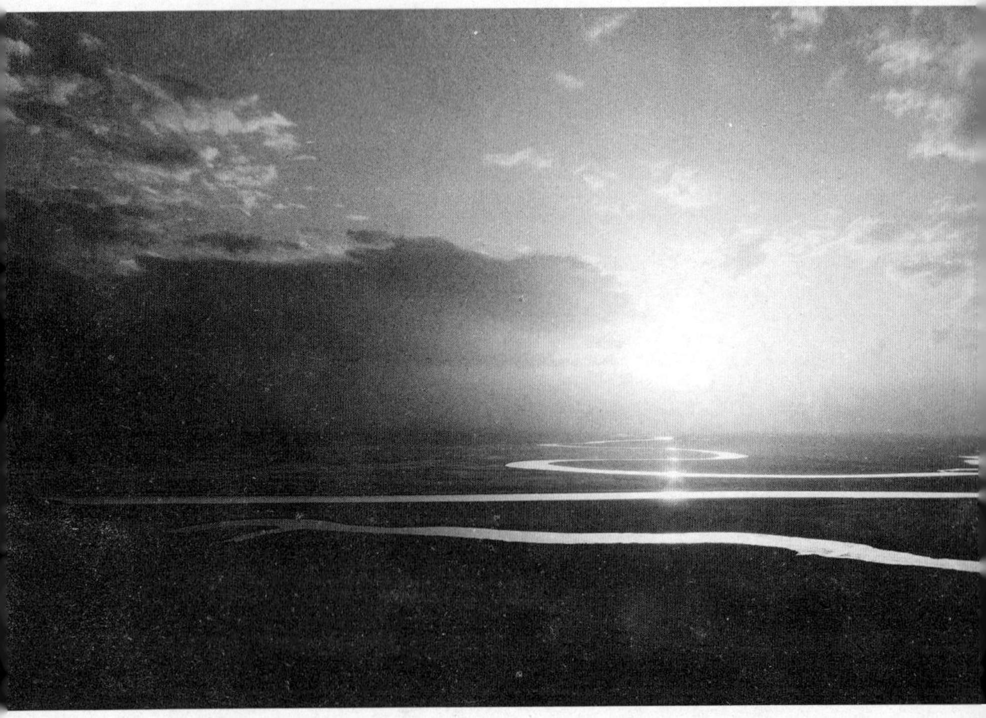

目录
contents

Part 1　时光不老，我们不散

七楼的麻雀 / 002

征服 / 008

我颠倒世界，只为摆正你的倒影 / 016

摆渡人生 / 024

七楼"无间盗" / 036

如果全世界我都可以放弃 / 047

Part 2　我遇见你，我记得你

少年鑫的奇幻人生 / 056

且将青春一饮而尽 / 066

不折不扣的爱情 / 082

如果珠穆朗玛也会老 / 091

爱是一场荒凉的微笑 / 100

月迷津渡无归路 / 113

Part 3　初心不改，各安天涯

七月七日，晴 / 124

四十米铁塔下的爱情 / 136

愿世界美好如初恋 / 145

那时我们都年少 / 155

时间看得见 / 162

谁来陪我浪迹天涯 / 168

Part 4　世界再大，也有归途

愿得一人心，白首不相离 / 178

生命不能承受之爱 / 185

我和超人的锦绣素年 / 196

你是我的姐妹，你是我的 Baby / 204

全世界终将温暖归来 / 211

你当我如花美眷，我陪你喜乐年华 / 220

Part 5　活在尘世，看见人间

谢你当年不娶之恩 / 232

出来混，总是要还的 / 239

大树之下 / 247

守望者 / 254

世界上那个截然不同的我 / 259

温情的传承 / 268

后记 / 273

时光不老,
我们不散

Part 1

七楼的麻雀 ◎

那一年,我们都住七楼,都单身,三男两女,租住七楼的三室一厅。

都是年轻人,有着挥洒不完的精力和少年青涩的梦想。

老幺是我们五个人中年纪最大的,因为家中排行老幺,所以被大家叫作老幺。老幺的职业不固定,他有辆破QQ,今天开着去卖汽车光盘,明天开着去卖高仿名牌,后天就开上了滴滴快车。总之,什么赚钱干什么,就是没个固定工作。

老幺是北京人,最爱打麻将,据说,他人生的第一场麻将,是天和。至于什么是天和,我不知道,也不想知道。我不喜欢打麻将,在这五个人中年龄排名第二的我,唯一的喜好就是看书码字,最大的快感就是畅快地敲击键盘,除此之外,一概不感兴趣。

老幺的长相很有意思，稀稀拉拉的头发，偏偏要扎一个小辫子在脑后，络腮胡子大圆脸，却整整齐齐地在嘴角、眼角和鼻翼摆了三个大瘊子。一到夏天，老幺就光着膀子，一身肥膘抖啊抖地吆三喝四地招呼大家到七楼的天台上打麻将。那三颗瘊子每次都随着他的喜怒哀乐颤啊颤，颤得我心花怒放。因为老幺打麻将总会赢，赢了就会请我们在七楼吃烧烤，什么麻雀、鹌鹑、羊肉串，大家每次都吃得不亦乐乎。

老幺家据说挺有钱的，老幺说他爹在南锣鼓巷有个院子，出租出去给人做四合院旅馆了，一个月光房租就三万。可惜老幺他爹就是不待见老幺，给了他一辆破车，然后就任由他自生自灭了。

老幺最照顾的就是英子，英子是东北女孩，长得利落，人也仗义。老幺卖光盘的时候跟人打架，一个电话打过来，英子第一个冲下楼，抄起块板砖就上了"战场"。

不过最后这场事件还是被高林生给搞定了。

高林生是我们这伙人里最有脑子的。当时，他来到现场，看老幺被两男一女擒住，一个男的从后面勒住老幺的脖子，一个男的抓住老幺的双手，女的则气势汹汹地叫嚷。高林生二话没说，四下张望了一下，然后迅速走过去，照着老幺的鼻子就是一拳。我们从后面跑上来，看见这一幕，当时就傻眼了！

老幺眼珠子都快爆出来了，气得直喊："高林生！"

高林生狡黠地冲老幺眨眨眼睛，然后顺手一呼啦，把老幺的脸整个给呼啦成了一张大血脸。

然后高林生冲英子一挥手，喊道："打110。"

然后冲我招手，"安子，老五，快来，把他们扯过去！"

扯过去？扯哪儿去？

还是老五最聪明，一抬头，看见不远处小区门口的摄像头，一下子就明白了，几个人连拉带扯，把这拧成一团的几个人弄到了摄像头底下。

高林生啊高林生，真亏了你这个物理学研究生，物理实验室难道就教会了你这点鬼心眼？

结果，110来的时候，保安和摄像头都见证了一张大血脸的老幺。

然后110把我们这群人统统给拉到了派出所。

高林生二话没说，接着搞定。

他要求去做伤检，而且要去北大医院，他说那才是甲级医院，其他小医院没法鉴定是轻伤还是轻微伤。后来我才知道，原来高林生本科学的不是物理，是法律！

后来，高林生留下我们几个和那跟老幺打架的两男一女，开着QQ，拉上老幺就去了北大医院。

北大医院他认识人？

高林生才不认识，不过他会说啊，而且北大医院的大夫向来同情心爆棚。

于是，在高林生的嘴里，老幺就变成了路见不平拔刀相助的英雄，高林生一顿白话，让医生觉得不给开个轻微伤证明都对不起这见义勇为的中国好小伙儿!

当然,高林生那一拳头的确也不弱,老幺的鼻梁硬生生给砸塌了。

接下来,摄像头为证、保安为证,那两男一女是跳进黄河也洗不清了。最后,高林生同学硬是狮子大开口,要对方赔偿十万,听得我们几个肝颤。

最后,派出所的民警两头劝,六万结了案。

当高林生揣着六万块钱,扶着老幺走出派出所的大门时,已经是第二天中午。

高林生特小心,出门时四处张望,吩咐英子先把QQ开新区政府门口前的大路上停着。

然后让老五叫了个出租车,直接停在了派出所门口。

高林生和老幺、老五和我,一起上了出租车,然后高林生指挥着出租车这个绕,就差没绕北京城了。直到下午四五点,才绕回我们所住小区附近的建设银行,存了钱,然后几个人才小心翼翼地回了七楼。

经历了这件事之后,我们对高林生的崇拜之情如滔滔江水,并且大家一直鼓励高林生去做律师。他这样的人,不做律师,真是中国律师界的一大损失啊!

这六万块钱,让我们五个七楼的麻雀,颇为奢侈了一段时间,也就是在这段时间里,老幺向英子求婚了。老幺答应英子,从此改邪归正拼命赚钱,两人两年内凑个小户型的首付,结婚。而高林生则考上公务员，从此离开了七楼。

至于年纪最小的老五，在一个不出名的报社做记者，一直住在七楼。

而我则在两年后搬离了七楼，跳槽去了中国第一金字招牌的媒体。

原本，七楼的麻雀就这样各奔东西了，可没想到，三年后，英子一个电话，高林生、我和老五一起来到了老幺家。

老幺病了，这次是真的，老幺可不是高林生，不会耍那个心眼，这两年，他太累了，为了给英子一个小窝，他什么活儿都干，工地上搬砖、新房装修、卖光碟、卖水货、做房产中介，啥赚钱干啥，但从来没有稀罕过力气。

老幺得的是尿毒症，得换肾。

这一次，七楼的麻雀们可真的是全军出动，想尽办法给老幺凑医药费。

同学群里收红包、社区群里发众筹、公众号里发消息，总之，能想的办法都想了。高林生和老五还跑到地铁里去做地推，推广我们的筹款公众号，希望能够得到社会的支持。

只有英子，低下了头，去找了未来的公公，老幺的父亲。

后来的情节，我有点写不下去。

好吧，让我写得喜感一些。

这个世界总有奇迹出现，英子和老幺的配型竟然成功，也就是说，英子可以将自己的肾捐给老幺。

然后钱，不再是问题。除了我们筹到的钱款，剩下的医药费，老幺的父亲理所当然全部承包。

七楼的麻雀们欢呼雀跃，就等着二人顺利下手术台。我们都以为，这是上天的恩赐，这是命定的缘分。

幸福吧，老幺！当年高林生那一拳，换来了一个拿自己的肾去救你的命的好媳妇！

手术后两天，老幺状态都还不错，英子也还不错。

大家以为天下从此太平，人间光辉遍地。于是老五支招，在病房里陪老幺打几圈麻将，让他开开心。

老幺是开心了，可谁也没想到，当老幺以地和震惊了我们所有人的时候，突然大出血……

写到这里，我还是忍不住想掉眼泪，老幺是那么好个男人，一个以天和开始，以地和结束，顶天立地活在世间的好男儿！

如今，七楼的麻雀，就剩下我、英子、高林生和老五。

英子没嫁人，至今还在老幺家南锣鼓巷附近的四合院里做掌柜的，负责打理四合院的小旅馆。

高林生做了缉毒警，真想不到，物理系的研究生，竟然成了一名缉毒警，不过以他的智商，估计没几个毒犯能逃得过。

老五去了一家文学杂志做编辑，而我则坐在这里写《七楼的麻雀》。

谨将此文献给我们曾经的七楼，献给我们曾经的友谊，献给我们曾经的青春，献给所有飞翔在城市中的小麻雀。

征服 ◎

如果我告诉你，当逃犯将枪口指向女主角，男主角硬生生面无表情地走过去，伸手抓住了枪筒，用手心堵住了枪口——你会以为，这男主角和女主角是什么关系。

好吧，就让我告诉你，这俩人，啥关系也没有！

这个故事的男主角是高林生的同事，看过安子写的《七楼的麻雀》的读者，一定知道高林生的大名。

高林生的同事叫郝天龙，这个名字起得足够霸道，人如其名，多多少少也有些霸气外露。不过100个人眼里100个哈姆雷特，在熟人看来是霸气，在陌生人看来可能就是匪气了。

高林生是缉毒警，郝天龙也一样。

故事的女主角是我的同事。在告别七楼之后，安子跳槽到了中国第一金字招牌的媒体,开始了记者的职业生涯。某次,女同事再璐接到一个选题,要去采访一起重大的缉毒案件,于是我把高林生介绍给了再璐。

再璐姓再,蒙古族姑娘,皮肤黑黑的,结实干净,脾气有点艮,性子有点倔,只要做了决定,九头牛拉不回来。之前采访什么黑心棉、地沟油,向来冲在第一线,最惊险的经历是从地沟油炼油厂的二楼厕所的窗户跳出去,身后一群狂吠的大狗追上来,最终还是"虎口脱险",怀揣偷拍的机器跑了回来。

正因为再璐和城市里长大的姑娘不一样,胆子大、泼辣、能干,所以主任把采访缉毒案件的任务交给了她。再说这种活儿,一般的女记者也不愿意接,谁不愿意轻描淡写地采访个什么人大代表或者企业家之类的呢?好吃好喝好玩好住,没风险没难度。

可再璐却对此次采访任务格外认真,而且是格外热情。她喜欢挑战,更喜欢冒险。

高林生说,他带再璐去见郝天龙的时候,郝天龙刚换好便装,准备下班。

再璐进门时,郝天龙抬头看了一眼梳着麻花辫的再璐,掸了掸裤脚上的土,起身就准备出门。

高林生没辙,郝天龙就是这脾气,他谁的账也不买,管你什么媒体什么记者,管你什么领导什么上司。他只有抓住贩毒分子的时候会幽幽地露出笑容,其他时候,简直就是一个冷血的人。

高林生赶紧介绍再璐:"郝哥,这是××电视台的……"

当时夕阳西下，高林生的话就像那夕阳下的空气，消散在泛黄的光线里，掷地无声啊！

再璐跺了跺脚，啥话也没说，跟着郝天龙就出了办公室。

做了几年记者，我的经验是，这采访也得分人，有的人，你不用多问，人家就侃侃而谈；有的人，你问多少，人家答多少；而有的人，你问再多，人家还是一句话也懒得答。再璐今天碰到的，就是这第三种。

再璐后来到底想出了什么法子，让郝天龙开口说话了呢？

再璐对郝天龙说："我要采访你！"

郝天龙答："我不接受采访。"

再璐说："这是我的工作，请你配合。"

郝天龙答："这不是我的工作，我不配合。"

再璐说："你确定不配合？"

郝天龙答："确定不配合！"

再璐恨恨地说："好，我刚才用手机拍了你的照片，你不配合，我就把你的照片打印1万张，贴到全国各地去！让所有的罪犯都认识你这张不会笑的脸！"

郝天龙忍不住盯住了再璐，恨恨地说："好，丫头，算你狠！你不就想采访我吗？好，我要去山里抓人，你跟我走，不用采，就全知道了！"

其实这种全程跟踪采访，是每一个记者都求之不得的事情，只是就这个任务来说，全程跟踪未免过于凶险。再璐将了郝天龙一军，郝天龙也没有怜香惜玉。当晚，再璐就上了郝天龙的车，和郝天龙所带领的缉毒小队进了山。

再璐跟郝天龙走后，高林生和我一起吃饭，我八卦，小丫头再璐会不会喜欢上冷面缉毒警郝天龙。

高林生一笑，说："哪个女人会喜欢既不宠着自己，也不顺着自己的铁人？再说，就算再璐真瞎了眼，看上了老郝，老郝也不可能喜欢她。我认识老郝也快三年了，就没见他给过谁笑脸，别说女人了。"

我吐吐舌头，幸好这个任务不是我的，否则我也只能吃瘪了。

再璐跟着郝天龙一去就是五天，五天后，再璐再次出现的时候，已经不再是五天前那个再璐，足足瘦了有五斤，更黑了，而且竟然跟郝天龙有了一点相似。除了脾气比之前更艮之外，话比之前也少了一些，做事更加笃定。

而郝天龙却伤了一只手，准确地说，是被子弹打穿了右手的手心。这对于他们这些天天上火线的缉毒警来说，倒不算稀罕事，稀罕的是，郝天龙破天荒地话多了起来，跟我们讲了再璐这五天来的"二傻行径"。

郝天龙的缉毒小队，此次的任务是抓捕再璐所要采访的缉毒大案的余孽，有消息说有几个余匪逃窜到了北京附近的山区里。于是郝天龙就带着人，跟踪线索找到了大山里。

那是山里的一个小村，为了隐匿身份，五个人开了一辆货车，拉了一车的红砖、瓷砖、水泥和沙子，伪装是装修工人，给线人家装修农家乐。

几个人全都穿成了工人的样子,连再璐也被郝天龙两铲石灰给扬成了个柴火妞。

到了线人家,这再璐可真成了装修女工,还是个好把式,别的活儿不会干,可搬砖没人不会。这再璐竟然一个人一次就抱起一摞红砖,后来搬瓷砖的时候,一次就抱起两箱瓷砖,看得那几个一起来的缉毒警都暗自咂舌。最后郝天龙有点看不过,叫再璐少搬点,再璐也的确脱了力,最后一趟两箱瓷砖摔了一箱,再璐二话没说,哑着嗓子跟线人说,这摔碎的一箱算我的,我赔。

郝天龙后来跟高林生聊起这事的时候忍不住说:"这丫头,死心眼子啊,这不过是个幌子,她还真较真啊!"

郝天龙本以为,这小姑娘初生牛犊而已。没想到,在线人家蹲了几天,她还真有模有样地干起了泥瓦匠的活计,垒砖砌墙,认真得叫郝天龙恨不得在心里笑掉大牙。而且,到了抓捕那一天,再璐竟然要求一起去。

按说这样的任务是不该让再璐来的,就算是来了,也只可能猫在线人家里等消息,可再璐不肯,再璐说她要采访。

郝天龙说:"采访个屁啊,你能保命就不错了。"

再璐说:"我的命我负责,你只要让我跟着就行了。"

郝天龙撇撇嘴,鄙夷地说:"你负责?你就别给我们添乱了。"

再璐说:"我要是给你们添了麻烦,就一头从山上栽下去,栽死。"

郝天龙心里有点打鼓，这到底是个啥样的姑娘啊，敢说出这么艮的话来，可话说到这份上，还真没拒绝的理由了。

后来，郝天龙说，他当时也是赌口气，想看看这丫头究竟多大能耐。再说，他们这些老缉毒警，多少都有点"挂相"，带这样一个傻不愣登的黑姑娘，倒是不容易引起逃犯的注意。

于是，这五个人扛着铁锹、大锤和木方，从线人家屋子两侧开始圈木栅栏，圈了一天，到晚上八点多，天都黑了，才圈到逃犯隐匿的院子后面，然后这一队人就悄无声息地潜入了院子。

要说郝天龙冷血，那只是对人；对工作，他可是最热血的男儿。

他第一个踢开门冲进了屋子。

生活永远比电影更精彩，这番惨烈肉搏的结果就是三名逃犯被俘虏，而剩下的一名逃犯却俘虏了再璐。

谁让再璐是女人呢？再黑的女人，也是女人；再结实的女人，也敌不过男人的铁拳。

看过电影《绿帽子》么？里面有一场戏，是刑警队长用手掌堵住了枪口，每次想到郝天龙和再璐的那次经历，我都想起这场戏。只是电影里，刑警队长堵住的是指向自己的枪口，而郝天龙堵住的，是指向再璐的枪口。

好，还原一下现场。

逃犯擒住了再璐，将枪口指向了再璐的太阳穴。

再璐再怎么倔，再怎么艮，也没经历过这样的生死关头，她唯一能做的，除了勇敢，一无所措。可此刻勇敢似乎并没有太多价值，只能让她尽量腿不打软，神色坚定。此刻，她一句话也说不出来，什么也做不了。

郝天龙硬生生面无表情地走过去，伸手就抓住了枪筒，手心堵住枪口，使劲扳转枪筒。逃犯一紧张，扣动扳机，子弹穿透了郝天龙的手心，打在了地面上。郝天龙另一只手上来就卡住了逃犯的喉咙，另一只被打穿的手，鲜血直流，却还是硬生生地夺过了手枪，撇在地上……

如此惨烈而血腥的场面之后呢？

诸位看官，你们断然想不到，在当天晚上，几个人悄无声息地将几名逃犯押解回京之前，再璐心怀愧疚陪郝天龙去当地的小诊所包扎伤口时，竟然，在简陋破旧的乡村小医院门前那棵大槐树前，被郝天龙"壁咚"了！

别怪我将如此壮怀激烈的警匪大战演绎成活色生香的情感戏，生活的确就是这样让人大跌眼镜。

不过，生活总是比戏剧更戏剧，郝天龙，竟然被再璐拒绝了……

正因为如此，郝天龙才在五天后，多了一些言语。

而再璐，却在五天后，少了一些言语。

再往后呢？

诸位看官，您希望再璐和郝天龙如何呢？

得了，不卖关子了，还是接着讲。

再璐拒绝了郝天龙整整三年，也就是说，从2012年那次采访结束，郝天龙追了小他十岁的小姑娘再璐整整三年。

三年后，两个人才算第一次牵手，如今两个人才开始谈婚论嫁。

高林生前两天给我打电话，让我给郝天龙和再璐做个 H5 的电子婚柬，说这俩人终于打算结婚了。

我心里暗笑，这世界真有意思，当年我的一句八卦，虽然说反了，不过也算是说中了。H5 就算了，我不在行，谨以此文献给再璐和郝天龙。作为他们的老朋友，祝他们新婚愉快，白头偕老，永远一起倔下去，艮下去！

我颠倒世界，只为摆正你的倒影　◎

　　"我就是有情饮水饱，天生儿女情长，没办法。"说这话的时候，李志正拿着一瓶啤酒对嘴吹。这话如果是系里其他男生说的，我都可以理解，可没想到却是他李志说的。白白当了四年团支部书记，怎么能倒在我们宿舍楼下那专科女生的石榴裙下呢？

　　这是 N 年前的一个镜头，还是让我们先回到 N 年前，看看那场惊心动魄的爱情吧。

　　李志和白晓璐的爱情，真的称得上惊心动魄，因为在大学毕业那年，二人分手了，然后李志6000块钱从黑市上买了一把手枪，找到我，对我说："我跟你说，我要找白晓璐报仇。"说这话的时候，李志将手枪挂在食指上，使劲地将手枪转了起来。我至今记得当时的李志，目光呆滞，动作僵硬，宛如走火入魔，而我则吓得快要尿了。拜托，老大，那不是水枪，是真枪实弹的手枪，走火了，是会要人命的！

好吧，先说说我和李志的关系。

我是大一的时候认识的李志，当时李志跟我借自行车。我向来不鸟所谓的"权势"，所以对这位从大一入学时就看起来像"县城干部"的团支部书记一点好感也没有。金牛座的女人一向物质，借自行车可以，一天一块钱，连带帮我写高数作业。好吧，我承认，我大学四年，从来都没有看明白过微积分那个蝌蚪一样的符号，倒是五线谱上的小蝌蚪更可爱些。就因为借自行车，我和李志熟识起来。

李志有一张少年老成的面孔，18岁和30岁没啥区别，李志还有很多"歪才"，比如可以从高数老师办公室大门上的窗户跳进去，把高数卷子偷出来，然后交学习委员做好，拿给我们这些难兄难弟们背答案。所以我渐渐地对李志有了好感，并且开始依赖他，因为如果没有他，我的高数断然考不了75分，甚至连15分都考不了。

大学四年，李志同学一心"从政"，从未恋爱。当然，他也不太方便恋爱，毕竟我进大学的时候还是1995年，恋爱对他的"政治生涯"多多少少会有影响。再说，也很少有女孩会喜欢那张过于老成的面孔。

所以四年间，我和李志经常讨论的问题，除了高数试卷的答案，就是我又看上了哪个小帅哥，或者我又被哪个小帅哥看上了。

李志经常劝我，勿要玩物丧志，勿要擦枪走火，勿要伤害他人……仿佛我就是一个小魔女。我对李志同学的批评从来都是嗤之以鼻，然而李志同学从来没有放弃过对我的"政治教育"。

就是这样一个李志，竟然在大四毕业前，喜欢上了我们楼下专科班的白晓璐。好吧，我承认，白晓璐比我白，可李志也不至于眼光如此"单纯"。白晓璐同学一看就是一名软弱可欺的小女子，哪里有点小魔女的气势，这样的小女子，如何对李志的"政治生涯"，乃至人生之路有帮助？

不过既然我从头到尾、彻头彻尾地没打过李志同学的主意，而且李志同学也再三跟我声明，让我别打他的主意，所以我就干脆帮助李志同学，去搞定那个柔弱可欺的白晓璐吧。

不过我打心眼儿里不喜欢白晓璐，就像四年前不喜欢李志一样。这样一个软柿子一样的女孩，有什么可爱的，没胸没个性，真不像李志的菜。不过李志同学没谈过恋爱，什么菜对他来说，都应该还算新鲜可口吧。

于是，在和李志一次彻夜畅谈之后，看着他对着瓶吹了 N 瓶啤酒，烂醉如泥，说出了"有情饮水饱"这个完全不属于他的诗句之后，我决定，帮他一把。

我吧，大一的时候被大四的男生盯上，糊里糊涂就被夺走了初吻；大二的时候被大一届的男生看上，糊里糊涂就被拉上英语角的舞台去演《廊桥遗梦》；大三的时候被本班的男生横刀夺爱，稀里糊涂就有人天天给我打开水打饭占座位；大四的时候去博物馆打工，稀里糊涂就遇到了一个看展览的公务员，从此经常拎着大包小包的零食在宿舍楼下等我。于是，泡妞的技巧见识多了，自然知道如何去帮李志同学追求楼下的白晓璐。

没想到，李志同学比白晓璐还单纯，还差一个学期才毕业，他就动用了老爸给他娶媳妇的三万块钱，直接给白晓璐同学买了个县城公务员的名额。我的天，这对白晓璐来说，真是赚大发了！而对李志同学来说，还真是"有情饮水饱"，没想到啊，李志同学如此儿女情长！

当然，李志同学的泡妞秘籍我倒并不赞成，一则成本太高，二则我考上了省城的公务员都没去，所以在我眼里，什么公务员名额，老土老土！我毕业之前，那个看展览的公务员，已经和他老爸老妈商量给我们买婚房了！不过后来，我还是无情地抛弃了那个可爱的公务员，这是后话。

那么，既然李志同学眼看就要和白晓璐终成眷属了，咋又冒出个手枪事件，咋又要寻仇了呢？

这件事，因为我和李志同学铁，所以才知晓了以下细节。

这个细节，说起来有点搞，因为李志同学做了柳下惠！

具体情况是这样的。

大四毕业前几个月，白晓璐就到李志同学帮她搞定的单位去上班了。因为单位就在李志家附近，所以白晓璐就顺理成章地住进了李志家。而李志的父母自然觉得，如此血本，肯定是煮熟的鸭子，飞不了了。于是就理所当然地许可白晓璐住进了李志的房间。

亲爱的读者，不要往下想象，事情完全不是你们所预料的。

李志和白晓璐一张床上睡了半年，就因为白晓璐一句话，李志愣是没碰过白晓璐一下。

白晓璐就说了一句话："我想把最美好的时刻留到新婚之夜。"

普普通通一句话，很多男孩都不会当真，可李志是"胸有大志"的男人，他当真，而且非常当真，硬是和白晓璐一张床上一床被子睡半年，也没越雷池半步！

请相信我绝没有造假，李志同学可是拿手枪顶着自己的脑袋跟我讲的哦，他死活都不能相信，自己这样对待白晓璐，白晓璐还是走了！

好男人啊！可我咋就对这个好男人从来没起过朝朝暮暮、卿卿我我的念头呢？不知道白晓璐是不是也因为李志太"好"了，所以待不下去了？

总之，白晓璐走了，连那个美好的职位也不要了，档案、户口全都扔在这里，就回了河北老家。

于是，手枪事件发生了。当晚，我哆哆嗦嗦地打电话给我的公务员男友，请他开车来，把李志接走，送回县城的家里。

一周后，我打电话给李志，他终于恢复正常，在电话里跟我说，枪卖了，卖了6800。他不恨晓璐了，他等她回来。得，还是儿女情长，不过这复仇来复仇去，还赚了800块钱，有点意思。

两年后，李志的母亲病危，在母亲的病床前，李志不得不同意和母亲指定的女孩丁楠楠成婚。丁楠楠我认识，外校专科班的组织委员,是那种比李志还有"政治野心"的女孩。

至于白晓璐,我一直没有联系过,一则我并不喜欢她;二则,我的确觉得她对李志伤害太大,还是不要再回来的好。

李志结婚后第四个月,母亲病逝,此后,李志消沉了好几年,连"政治生涯"也淡泊了下来,在人口普查办公室一待就是四年,这完全不是他的作风。

这四年间,丁楠楠常常找我聊天。

丁楠楠心机重,她知道我和李志铁,就天天讨好我,今儿送我最新潮的浴液,明儿送我最爱吃的柿子饼,恨不得连柿子树都给我搬家来。还跟我掏心掏肺,连李志婚后"一蹶不振"因此连孩子都要不上的事儿都跟我讲。

后来,我秉着劝和不劝离的心思,去劝李志。李志哭啊,是真哭啊,他说他的身体和他的心,都爱不起来了。

没办法,我就把李志和白晓璐的故事,讲给了丁楠楠。没想到,丁楠楠大怒,把家里所有的玻璃都踢碎了,连厨房门都用菜刀给劈了。

李志哭丧着脸来找我,骂我,说我毁了他的家,要跟我绝交。

人生啊,有的时候,真的是诡秘莫测。

就在李志和丁楠楠闹得天翻地覆的时候,白晓璐回来了!

回来上班了!

我的天!

后来的情节有些狗血,足够世俗,然而我相信大部分婚姻中人都可以理解。

丁楠楠生气了,住在单位不回家,有传言她和男上司有一腿,李志又来找我,央我去找丁楠楠回家。

白晓璐虽然回来了,但是如花找到了十三少,诸位读者懂的。

白晓璐留在了县城,再没有离开,嫁了人,但听说丈夫对她不好,经常打她。

三年后,丁楠楠怀孕,李志的女儿出生,硝烟逐渐散去。李志所有的爱心都给了女儿,有情饮水饱的岁月终于告一段落。李志雄起,从县城调进了省城,儿女情长的青春岁月就此划上了句号。

后来,我和第N任男友分手,李志来看我,两人又一次对着瓶吹啤酒。

烂醉后倒在一张沙发上,李志又教育我:"你啊,好好过日子,人生,别折腾!"

我从沙发上爬起来,把酒瓶往桌上一顿,眯着眼睛说:"我啊,有情饮水饱,天生儿女情长,没办法!"

他没抬眼看我,叹了口气说:"我想晓璐啊!"

我愣住了,没想到这么多年,他还会说这句话。

突然,心里酸酸的,眼泪忍不住掉了下来。

李志,如果我对你说,那一年,是我见到了白晓璐,告诉了她一切,她竟然和你说的一样,二话没说回到了县城,你会哭么?

李志,如果我对你说,这么多年,除了白晓璐,还有一个女人,一直惦记着你,每天都在想你,谈了N个男朋友,都觉得无法忘记你,你信么?

　　别看我,我喝醉了,这,就是人生。

摆渡人生 ◎

　　住七楼的那几年,我最不待见却也最佩服的人,就是高林生。看过《七楼的麻雀》的读者,一定还记得那个贼精贼精的高林生同学,正因为他太聪明,所以我对他总是敬而远之。

　　也难怪我不待见他,既然他在老幺"挨打"事件中,能够不显山不露水地捣鼓回来六万大洋,那么在七楼的日常生活中,他自然也是个从不吃亏万事有理的难揍的主儿。不过有时候,七楼的生活还真少不了他。

　　老五去办暂住证,跑了两趟都落寞而归,他一出马,两人就有说有笑地回来了。

　　英子怀孕,老幺带她去医院建档,英子有哮喘病,医生大人推三阻四,两人去了三趟,都灰头土脸地回来。一个电话打给高林生，高林生二话没说，从学校打车回来，带着英子直奔医院。

当时，老幺在七楼这个溜达啊，从屋里溜达到楼顶，从楼顶溜达到屋里，从客厅溜达到厨房，从厨房溜达到卫生间，整个人都恨不得从窗户飘去医院，生怕医生再给英子和英子肚子里那刚刚两个月的小东西出难题。结果，60分钟还没数过去，英子就回来了，手里还拿着个白本本，不用看就知道，一切搞定。

老幺觍着脸凑过去打听，咋办的？

英子一脸懵懂："没咋办。高林生就带着我挂了个号，然后在门口问我，上几次来是不是这个医生，我说不是，没见过今儿这医生。他就叫我少说话，医生问啥，他先答。就成了。"

老幺一头雾水："那你的哮喘病呢？"

"医生问有没有病史，高林生说没有。"

"就这样？"

"嗯，就这样。"

我在一旁听着窃笑，高林生一贯的做派嘛，要是啥事都像你老幺脸上的三个大痦子一样摆在明面上，啥事都有被Pass的理由。

当然，老幺理所当然地包了高林生整整一个月的伙食。不过，两个月后，他和英子的娃还是没了，这是后话，不提也罢。

总之，高林生这厮，那不叫人，叫人精。

那时候我就想，这厮将来得找多白富美的媳妇，才配得起他那溜光水滑的脑子啊！

高林生考上公务员,去当缉毒警之后,我们便成了他办公室的常客。再不待见他,也是七楼的患难兄弟;再佩服他,也没他那个溜光水滑的脑子。那几年,老幺、英子、老五和我,有事没事都爱去找他,聪明人,谁不爱啊!

然而,真正爱上高林生的,只有一个人。

第一次见到七巧,是在高林生的办公室外。当时,七巧靠在过道的墙上,抬头望天,瘦瘦薄薄的身子,砌在冰冷的墙壁上。过道的尽头豁然开朗,向左拐是卫生间,向右拐是食堂,向前就是整个院子的后门。人来人往,路过的人都看向七巧,可七巧谁也不看,只看天。

中午的时候,高林生带我去食堂,七巧凑过来,还没开口,高林生就冲她摆手:"下午再说,下午再说。"

在食堂里,我问高林生:"那姑娘啥事?"

高林生皱着眉头:"难缠啊。"

"啥能难倒你?"

他叹了口气:"抓错了人,谁让她哥长那么瘦。"

缉毒警抓错人,也不算太稀罕,只要尿检没问题,分分钟就放掉了,顶多在派出所里坐个把小时,也不算啥大事,这姑娘还想咋着?

"咋着?人家要登报致歉。"

"嗨,致啥歉啊,她就不怕欲盖弥彰么?"

"缠了两天了,就耗着不走,你说我能有啥办法。"

"那就叫进办公室，动之以情晓之以理。"

"这回还真没办法，这姑娘油盐不进。"

"呦，你还有没办法的时候？"

"这姑娘太较真！"

正说着，却见那个削薄的身影从眼前闪过。我冲高林生努努嘴，高林生埋头吃饭。

这事，还真有点意思，这么多年，我第一次见高林生这样躲躲藏藏，他那好脑子咋派不上用场了？

跟高林生约了，下午他带我去采访这年的三八红旗手，公安局的反扒大队大队长。刚出办公室，七巧又跟了上来。

没等高林生挥手，这姑娘就占了先："高队长，您看我哥这事……"

"明儿再说，我有急事。"

"您这院子里贴的，不是说老百姓的事才是大事、急事么？"

顺着姑娘手指的方向看过去，我险些笑出声来，一个"为人民服务"的标语，竟然被这姑娘这样活学活用，高林生也算是棋逢对手。

"实在没时间，这是电视台的记者，着急去采访。"

"哎呀，记者同志啊，我正好要找你们呢……"

得！

这件事，最后，还真就"登报致歉"了，老五在他所在的那家不知名的小报纸上，给上了一个新闻，标题是"因太瘦被当吸毒者误抓，警方已道歉"，七巧姑娘这才算善罢甘休。

七巧姑娘走了没两天，又回来了，我本以为这世界上，还真有缘分一说，没想到……

"你哥当时怎么不说？"

"他人老实，不想给警察同志添麻烦。"

"那你之前来那么多趟，为什么没说？"

"事情得一件一件办，两件事放一起，就哪个都办不了了。"

进门的时候，高林生正皱着眉，胳膊肘支在桌子上，拳头抵在鼻子和嘴唇之间，盯着七巧。

这又是哪一出？

原来，七巧的哥哥在被抓的时候，手机掉了。他没说，可这当妹子的，秋后来算账了。

这姑娘，逮着人民警察这只羊使劲薅羊毛啊！

高林生的脾气我知道，他这个人吧，绝对是个好人，聪明绝顶的好人。可你要是不依不饶，他也能跟你死磕到底，而且他那个心眼，绝非眼前这个叫七巧的年轻姑娘所能敌。

后面，还真是一出好戏！

高林生客客气气地给了七巧姑娘派出所管片民警的办公电话，他当然知道，不可能就这样打发掉她。但是咱也得办公是不是，你爱耗着就耗着，我也不嫌碍眼，难不成，你还能跟我到天涯海角？

没想到，七巧姑娘就真的跟到了天涯海角。

据线人举报，在城乡交界处的天涯海角KTV，有人聚众吸毒。高林生换了便装就去了天涯海角。

七巧跟在他屁股后面唠唠叨叨，说家里穷，自己和哥哥从敦煌的大戈壁到北京来打工，赚钱好难，买个手机不容易，还没唠叨完，抬眼一看，愣住了。

高林生不理七巧，抬腿就往金碧辉煌的大柱子中间的旋转门里走，七巧在后面喊："哎，哎……"

这大柱子两侧的保安啥阵势没见过，放过高林生，拦住了七巧。

后来，据七巧说，她在门外灰溜溜地等了四个多小时，各种猜想翻来覆去想了个遍，终于悟出点门道，决定闯进去看看。

下面的片段，如果拍成微电影发到网上，点击率绝对杠杠的。

据七巧说，自己当时是硬冲进去的。

高林生却对我说："冲进去？就她？那么瘦，还能冲过两个彪形大汉？她就是一哭二闹三上吊，闹进去的。"

好吧，就当七巧是克格勃吧，她不仅闯进了天涯海角，还找到了高林生所在的包间。

下面一幕，我听的时候，都觉得胆战心惊。

一个满眼风情的年轻女子，叼着细细的ESSE，站在房间的一角。

高林生坐在椅子上，抱着膀子，皱着眉头，一只拳头抵在鼻子和嘴唇之间。

三个彪形大汉，拎着大棒，站在高林生对面，满目凶狠，死死地盯着他。

一个高瘦的人，其貌不扬，站在三个大汉中间，目光冷淡，看向高林生。

七巧后来说，也是怪了，看了那高瘦的人好几眼，愣是记不住他长啥样。

七巧冲进屋里的时候，这群人都怔住了，看向七巧。

没等大汉们冲上来，七巧就一个虎扑，把自己扔在了高林生身上，掐着高林生的脖子歇斯底里地喊叫起来：

"你个黑了心的王八羔子，上次嫖娼被抓进去二十天，要不是我哥卖血赎你，你现在还关在里面吃黑窝头呢！你个该死的狗东西，怎么不被人打死啊！"

说着，七巧红着眼睛指向那几个大汉："来来来，把他打死，打死他我这辈子就解脱了！"

这个剧情，谁也没有料到。

后来，高林生说，那其实是一场暗算。线人小静其实是"双料"，因为摸不清高林生到底是不是真正的条子，所以故意设局将高林生圈来。多亏了七巧，要没有她那么一闹，自己真就回不来了。

当时自己也真是下了狠手，一脚就把七巧踹到了地上："呸！你个丧门星，要不是你，老子也进不了局子，也不会被小静说成条子。"

转脸，高林生一脸甜腻的笑，朝向角落里的女子："小静，你不就想要钻戒么？别介！哥明儿就给你买。还怕哥买不起么？

哥家里四套房子,就算是跟这烂婆娘分了家,也还有上千万的房产,够你花半辈子了。"

七巧从地上爬起来,又一个虎扑,直接把高林生连椅子一起掀翻在地。

这可是高林生同学第一次挨女人的打哦,七巧这个疯婆娘,跨坐在高林生身上,劈头盖脸地抓挠起来:"我让你给婊子买钻戒,我让你上千万的房产,我扒了你的皮,喝了你的血……"

……

直到被几个大汉乱棍打出,七巧还在撒泼,可惜高林生那张小白脸啊,被抓挠成了车祸现场。

后来,高林生跟我说,那天,要不是七巧那一出,将无间道变成了嫖客道,恐怕,他保不齐就要少条胳膊断条腿了。

第二天,七巧又来,也不害臊也不得意,还是接着说手机那档子事。

高林生痛痛快快地从钱包里掏出一沓钱,递给七巧:"我工资不高,就这么多,别讹我。"

七巧接过钱,笑了。

高林生说,那是他第一次见七巧笑,比哭还难看。

后来,七巧做了高林生的线人。再后来,七巧立了功,高林生找了人,安排七巧做了合同警。

七巧在遇到高林生之前的生活,我们无从知晓,但遇到高林生之后,七巧的整个生活重心,就堂而皇之地贴上了"高林生"

这个标签。

我看高林生并不喜欢七巧,当然,感情这种事,我们谁都说不清楚。不过高林生怜惜七巧,我们也都怜惜七巧。

有一次七楼的兄弟姐妹一起去K歌,高林生带了七巧。

还是老规矩,老幺当麦霸,我们轮流五首歌,轮到七巧,她却只唱了一首歌。

那天,七巧唱的是《飞天》,我就记住了几句词"大漠的落日下""荒凉的古堡中""流沙流沙漫天飞",还记住了七巧满脸的泪痕。

歌没K完,这两人竟然嚷嚷了起来。

高林生冲七巧吼:"你能不能不缠着我!"

七巧也冲他吼:"那谁给你送饭,谁给你买衣裳?"

"我吃食堂!我有的是衣裳!"

"你那破胃吃得了食堂么?你买的衣裳能穿么?"

我们几个谁也不劝,K得欢实,不就个胃炎么,没什么大不了。不过高林生的审美,从来都是我们嘲笑他的理由,没办法,尺短寸长,人家脑子好使,审美差点也正常。

最后,这两人终于打出了人生的真相。

"七巧,你到底想干啥?我不要你感恩,看好你哥,再被抓,我决不帮你。"

人生的真相,有时候绝非我们想象。

当我们羡慕天空中展翅翱翔的鸽子时,又何尝知道它们晚上在哪里睡觉？白天去哪里觅食？又何尝知道它们遇到过怎样的危险和叵测？何尝知道它们下一分钟的生死？

很多时候，我们看到的，只是阳光下的片段，而绝非全貌，因此大多数时候，我们看不到真相。以高林生的智慧和心地，七巧所带来的麻烦，的确不应该像我所看到的那么简单，那么直白。

七巧和高林生，就这样不明不白地处着，两个人之间就像隔着一层雾。我们看他们，也像隔着一层雾，看不见明朗的色彩。

后来有一次，我被派去采访一个黑作坊。

当时，为了深入制作工厂，我穿了破旧的牛仔服，伪装成窘迫的小商贩，和老板娘套近乎，磨了四五天，才得以进入工厂。

当老板娘热心地拉着我的手，指着工厂里简陋的设备对我说："妹子，回去你也照弄一套，肯定能赚到娃的奶粉钱"的时候，我心里突然一阵发酸，想要掉下泪来。

这人生啊，有时候真的不是"仁义道德"四个字可以概括的。老板娘对我够仁义，她以为，如此这般传授了"发家致富"的经验给我，我就可以凭此回去养活我的儿女。她没想到，我的书包里，藏着即将让她和她的全家衣食无着的针孔摄像机。

那次采访之后，我休了一段时间假。

我去找高林生，跟他聊，什么是良心。

高林生啥话也没说，倒是七巧听见了，插了一嘴："你们这些人，都没良心。"

半年后，高林生打电话给我们几个，邀我们喝酒。

"啥事？喝酒？"

"来了就知道。"

好吧，谁让人家是"高人"呢，喝个酒也卖关子。

可谁也没想到，这场酒席，竟然是高林生和七巧的婚宴，而那天的七巧，竟然还是"独眼海盗"的装扮。

高林生幽幽地给我们敬酒："哥几个，我爹娘死得早，这几年，多亏了哥几个照顾，今儿兄弟我要结婚了，以后，哥几个还要多多关照我和七巧。"

这是我参加过的，最不喜兴的婚宴。除了七巧笑逐颜开，老幺没心没肺地说个没完没了，我们都浅浅地笑，拼命地喝。

最后，七巧去结账的时候，我问高林生："老高，你爱她么？"

高林生目视着七巧的背影，叹了口气："我不娶她谁娶她？我没告诉她，她那只眼睛，这辈子是好不了了。"

很久之后的一天，因为工作需要，去找老五查资料，翻出了高林生婚宴后不久的报纸，竟然发现在老五所在的那家小报上，曾经发过这样一条新闻"缉毒警毒眼识毒，被毒贩残害右眼失明"，还登出了一张抓捕毒贩的照片。

当然，绝没有正脸，但是那削薄的背影，和我第一次见到她时，那砌在冰冷的墙壁上的身形，不差分毫。

不过人生再无奈，也有欢喜。这不，前几天，老高又打电话，让大家去喝酒，说这一次，绝对是喜酒。

我微信问老五，这次又是啥幺蛾子。

老五答："七巧生了，是个小子！"

人生啊，总会峰回路转，苦尽甘来，老天爷不会欠你的。

七楼"无间盗" ◎

七楼的岁月里,有太多的欢笑,太多的青春,太多的澎湃,太多的蓬勃,然而,也有太多的滑稽,太多的搞怪,太多的无奈和太多的感慨。

最有趣的一件事,莫过于七楼无间盗。

某一天,英子和我起床的时候,愕然发现,我们的房间被盗了!

这是一件异常恐怖的事情,因为当晚,我和英子就睡在房间里。

当老幺、高林生和老五听到英子和我的尖叫,疾步踏入我们的房间时,看到了一地狼藉。

我和英子的柜子大敞着,衣服被拉扯出来,洒了一地,衣柜的两个小抽屉都被撬开,里面的贵重物品散落一地。当然,我俩也没有什么贵重物品,无非是学历证书、钱包、银行卡和项链、手镯之类。

老幺第一反应就是抓起手机,边说"报警,报警",边拨打110。

老五的第一反应是一边低声哀叹"My God",一边捂上了眼睛。他必然不是因为害怕,而是因为地板上散落有我和英子的内衣,而英子和我,还都穿着睡衣。

高林生最镇静,按住老幺正在拨打110的手,看了看我和英子:"你俩丢什么了?"

是啊,我俩丢啥了?

醒来第一眼,就被这劫难般的现场吓蒙了,到底丢啥了,还真没来得及认真研究。

我俩赶紧俯下身去,捡拾散落在地板上的重要物件。

学历证书没有丢,钱包没有丢,银行卡也没有丢,我的项链也没有丢。

咦,奇怪,到底丢啥了?

我扭头看英子,她皱着眉头。

老幺急慌慌地问:"快说啊,丢啥了,我报警说啥?"

英子扭脸问我:"安子,你丢了什么?"

我蹙眉摇头。

英子抬头看杵在我们眼前的三个兄弟:"我丢了两百块钱。"

老幺点点头,拿起电话就按,却又一次被高林生按住。

"安子,你的项链是金的么?"高林生看着我攥在手里的项链,问我。

"是啊，我毕业典礼的时候我老爸送我的。"

"英子，你的手镯碎了么？"高林生指着地上的手镯问。我们都知道，这是老幺送英子的，足足花掉了老幺两个月的伙食费。

英子拿起来端详半天："完好无损啊！"

此时的高林生，就像名侦探柯南里的小柯南，突然就变了声调："好吧，依我看，这件事，有点蹊跷。"

"蹊跷啥！你动画片看多了，英子钱都丢了，你还不让我报警，你有毛病啊！"老幺有了脾气。

高林生笑了笑，跨过满地狼藉，走到窗前。

我和英子这才发现，我们的窗户竟然大开着！

"你俩昨晚睡觉都没关窗户？"老五好奇地问，他终于不再捂眼睛，而是饶有兴趣地加入了这起被盗案件的侦查之中。

我和英子面面相觑，我俩一般都不开窗户啊，昨晚睡前，窗户肯定是关着的啊。

英子起身走到窗前，和高林生一起向下看。

我有些宽慰，毕竟我什么都没丢，可又有些莫名的恐惧，没丢东西，那这到底意味着什么？

难道闯进我和英子房间的人，就为了两百块钱，从七楼的窗户爬进来？这窃贼得穷成啥样，才这样胆大包天，不顾死活？这要从七楼的窗户摔下去，就算不死，这后半辈子也完蛋了。

就在这时，老幺吆喝起来，"高林生，到底报警不报！"老幺再有脾气，还是要听高林生的。

"报啥，200块钱，你赔给英子，这事，交给我。"高林生貌似胸有成竹。

"啥？"老幺愣了。

"为什么不报警？"我忍不住也站了起来。"总不能就这样向恶势力低头吧，我们的精神损失费，可不是区区几百块钱能够了事的，一定要将这个窃贼绳之以法！"

高林生白了我一眼："别上纲上线，小事一桩！"

我气鼓鼓地蹲下来，收拾我的东西。

老五颇有兴致地凑热闹："安子，你昨晚睡觉的时候听见啥动静没有？"

"啥动静？"

我这个人吧，最没特点，如果非要给我找个特点出来，那就是天塌下来，我照吃照睡，没心没肺。所以，问我有没有动静，真的是抬举了。当年大学里军训，我站半夜两点的岗，前一岗喊我，全屋的人都醒了，我愣是睡到了第二天早上。教官问我为啥缺岗，我还理直气壮，说前一岗的同学不喊我起床。

老五见我一脸茫然，摇摇头，转而问英子，无奈英子也摇摇头。

高林生意味深长地说："不必问了，秃子头上的虱子，明摆着。"

"你说什么？"老幺又急了。

高林生笑笑，走出了我和英子的房间。

我承认，在35岁之前，我的内心是懵懂的，不善于观察，不善于思考。现在想想，那起七楼无间盗，还真就应了高林生那句话，秃子头上的虱子，可现在，我还不能剧透。

当晚，老幺和老五就钻到我和英子的房间里来，开始分析犯罪嫌疑人。

如果真如高林生所说，这件事是秃子头上的虱子，那么嫌疑人必然是我们大家都熟悉的人。

于是，老幺和老五就将这个楼里所有人梳理了一遍，在我们屋里一直待到12点。让大家奇怪的是，高林生，不见踪影。

这栋楼有两个单元，住的大都是老户，据我们所知，只有大约五户出租。

大家分析，要从窗户爬进来，最有可能的，就是本单元六层，或者本层的住户，其他楼层的可能性不大。

七楼当时住着我们五个青年，还有对门一户人家。这对门是一家三口，老两口和一个二十郎当岁的小伙子。

抬头不见低头见，这小伙子也算是和我们认识。

记得有一次，英子的床上扔着一张名片，老幺来找她，看见名片，好奇地拿起来，端详半天，问她名片上的人是谁。

英子随口说："对门的。"

老幺的眼神有些莫名，问英子："你咋有他名片？"

英子说："出门的时候他递给我的。"

老幺转而问我："安子，这王小二也递给你名片了？"名片上写的是王晓茸，竟然被老幺这半拉文盲给读成了"王小二"。

我摇头："我出门时没遇见他。"

据老五分析，这王小二盗窃的可能性有，但是应该不大。王小二是本地人，家里的独子，应该不缺这200块钱。

六楼，我们脚下，住着小两口，印象中丈夫经常出差，一回来两口子就吵架。老幺分析，这小两口行窃的可能性也不大，难道丈夫半夜爬上来行窃，妻子做共犯？拉扯拴在丈夫腰上的绳子？怎么可能嘛！再说，这两口子怎么着也比我们这些单身男女有钱，就算是真的行为不轨，也没理由盯上我们嘛。

在王小二家楼下，住的是老两口，年纪比我们的父母都大，别说爬窗户，就连走路都要拄拐棍。

在我们隔壁单元的七层，我们的墙那边，曾经住过一个酒鬼，去年春节的时候喝酒过多，被马克思他老人家召唤过去了，至今空着，没人住。

……

第二天，周六，我和英子拉着买菜的拉杆车，结伴去小区对面的京客隆买菜，自从住进七楼，买菜就变成了我和英子的周末必修课。

出门的时候，碰见王小二，他讪讪地笑着，问："去买菜啊？"
我点点头。
王小二神秘兮兮地凑过来，说："咱们单元遭贼了。"
我和英子怔住。
"听说连二楼王奶奶放在门外的电饭锅都被偷走了。"

"什么时候？"我忍不住问。

"昨天晚上。"

"警察来了么？"

"我妈早上遛弯回来说，王奶奶报了警，不知道警察来了没有。"

这买菜的一路上，我和英子都忍不住热烈地讨论这两晚的盗窃案件。这两件事情必然有关吧。

买菜回来，做好中午饭，那三个大男人才溜溜达达从房间里走出来。

我俩赶紧向大家汇报从王小二嘴里听来的消息。

高林生皱了皱眉，狠狠地说："这个王小二。"

老幺跃跃欲试："我去找王小二，让他妈带我去找王奶奶，一定能找到线索。"

老五思索着说："肯定是同一个人干的，为了两百块钱爬楼的人，也会偷走王奶奶的电饭锅。"

高林生却撇着嘴，不屑地哼了一声："王奶奶的破电饭锅就放在楼道里，捡破烂的顺手牵羊，这也算盗窃？"

老五就问我和英子："王小二说还有谁家丢东西了？"

我和英子都摇头。

最后，高林生叹了口气，高深莫测地看着我们："这件事你们就别追究了，没价值。没有恶势力，没有黑社会。英子丢的那两百块钱，就算是贡献贫困灾区了。"

"可我还丢了一件内衣，两条内裤。"英子低声说，显然不打算放弃对此事追究的权利。

今天早上英子洗衣服的时候跟我说过这事，我当时没在意，想不到她此时提了出来。

说实话，我们在阳台上晒东西，被风刮走两双袜子、一条内裤的事儿也常有，英子的衣服那么多，谁知道是晾晒的时候被风卷走了，还是她自己塞到哪儿了。

高林生皱了皱眉，不耐烦地说："你们俩的衣服挂阳台上，丢了不知多少件，你又不是明星，哪个贼稀罕你的旧衣裳？"

"老幺，你跟她俩换换房间，下午就换。"高林生命令一般指挥。

"为啥？"老幺一头雾水。

"为了你心爱的英子小姐不被妖怪吃掉，好了吧？"这个高林生，真让人琢磨不透。

后来的后来，在我们搬离七楼的那天，一个身影在我们身后帮着忙碌着，不是别人，正是王小二。

对门住了几年，我们终于看出来，王小二对英子情有独钟。虽然老幺常常有意当着他的面，拥抱英子的细腰，拉扯英子的马尾辫。可王小二始终在每次遇到英子的时候，都讪讪地笑，还不时给英子递上新名片，以表示自己换了新工作，有了新的发展。

英子这个人吧，人太好，心太软。老幺说了她无数次，别搭理王小二，可每次王小二递过来新名片，她都不忍心拒收。虽然从没见她仔细看过，虽然每次名片都被老幺给扔进垃圾桶。

不过搬家那天，我发现，王小二不仅对着英子讪讪地笑，不顾老幺的斥责，忙前忙后帮英子搬东西；还讪讪地对高林生笑，尽管高林生看他总是一脸的不耐烦。

在高林生当上缉毒警后，有一天，我到他单位去找他。在他们食堂吃饭的时候，高林生的同事跟我们讲了一起有趣的盗窃案，一个有恋足癖的男人，偷了邻居家女主人的二十多双高跟鞋，最后女主人报警，这男人心慌意乱，投案自首。

同事吃完饭就走了，我就想起当年七楼的盗窃案，顺口开玩笑："当年英子的内衣丢了，是不是也是恋物癖患者偷的？"

高林生笑眯眯地看着我，问："你们是真不知道还是装傻？"

"什么？"我蒙了，高林生这是啥意思。

"你们的窗户紧挨着王小二家的窗户，你不知道啊？"

"知道啊。要不我们干嘛大白天都拉着窗帘？"

"王小二只要探出身子，就能拉开你们的窗户，这你们也知道吧？"

"哦，这倒没想过。你是说，那次盗窃，是王小二干的？"

"我没说哦。"高林生笑笑，起身去涮饭缸。

我突然想起那个夜晚，我和英子，老幺和老五，在屋里起劲地分析谁是嫌疑人，却不见高林生的踪迹。

我突然想起我们搬家时，王小二讪讪地对高林生笑。

青春的岁月里，我们谁都不能保证自己纯洁如玉、完美无瑕，那个能够为我们保守秘密，能够给我们机会抹去瑕疵的人，应该就是我们的贵人吧。至少,他让我们在别人眼里,和大家一样,正常、健康、青春。

七楼无间盗的真相,高林生永远没有明言。虽然我已猜透,但我也始终没有告诉大家,是啊,就让它随风而去吧,留下的,依旧是美好。

几年后,老幺病重,我们一起给老幺筹钱,到处去推广我们的公众号,在社区群里发众筹、公众号里发消息,还一起到地铁里去做地推,推广我们的筹款公众号。

有一个人,一直不离不弃地帮助我们,每个周末都自觉自愿地跑到地铁里和我们一起做地推,他,不是别人,就是王小二。

我们始终没有告诉老幺这件事,怕他听了多心。

我也始终没有告诉英子,王小二曾经有多痴迷她。

但是我能够想象,如果没有深入骨髓的痴迷,王小二不会成为七楼无间盗的主角,也不会不得已偷了两百块钱,制造窃贼的假象。

高林生是个聪明人,真的是个聪明人,他将一切装在肚子里,将一切平息在我们的小屋内。

如果当时,我们真的报了警,那么王小二的未来……

老幺走后,英子难过了很久很久,后来,就去了老幺家的四合院,帮忙打理四合院的小旅馆。

有一次,王小二给我打电话,嗫嗫地问英子的去处,问老幺家那个四合院的位置。

后来，我听英子说，王小二有一次带朋友逛南锣鼓巷，正好路过老幺家的四合院，还和几个外地客户一起住在了四合院里。从那儿以后，王小二常常往四合院里带房客，把自己公司里那些从外地来京的客户，都介绍到了老幺家的小四合院里。

英子跟我聊这些的时候，眼神有几分落寞。

我突然很想知道：

英子，当年真的什么都没猜到么？

她是不是也和高林生一样，默默地，做了七楼无间盗的主角的庇护者，藏了一个秘密，一直藏到现在，一直藏到永远……

可是，这些话，我问不出口。

七楼无间盗，人生无间道。

如果全世界我都可以放弃 ◎

如果我告诉你,有人愿意为了爱,放弃一切,一切的一切,包括生命,你信么?

我信。

这个故事,还要从那个地下通道里的采访开始。

那是十多年前,我还在杂志社做记者,当时热血澎湃,一心想做一些新颖独特的新闻话题。于是那一次,目光落在了地下通道里的流浪歌手身上。跟我同去采访的还有一个实习生,小姑娘刚刚大学毕业,戴着眼镜,一副柔柔弱弱的样子,叫俞霜。

那个歌手的名字我至今记得,叫于子,个子不高,抱一只吉他,一双桃花眼,深邃而迷离。

当晚,我们聊了很多,包括于子的理想,包括他的流浪人生。

至今记得于子的家乡在大兴安岭，就是当年"冬天里的一把火"，牵动了全国人民的心的那个地方。于子说那里很冷，零下40摄氏度，有无轨小火车在森林里奔跑。

那一晚，我看见在俞霜的眼睛里，有灼热的火光闪动，我不知道那是不是叫作一见钟情，但是我看得出来，在看到于子的第一眼，俞霜就陷进去了。

第二次，我们去于子驻唱的酒吧采访，俞霜很激动，是那种热血喷薄的激动，不亚于一个痴迷了十几年的粉丝，对一个歌手的热情。然而这种热情，显然是不合适的，因为于子并不是一名出道的歌手，而是一名靠酒吧卖唱、地铁卖唱为生的流浪歌手。而且，于子，跛了一条腿。

那一年，于子28岁，俞霜22岁。

此时此刻，我依旧能够感受到当年俞霜身体里所奔腾的激流，那是青春的力量，那是爱情的喷薄，那是血液在身体里加速流淌的节奏，那是前世断桥边相知相遇的缘分。我几乎从未有过那样的感受，以至于我被俞霜所感染，觉得于子的歌唱得很好很好，觉得他很 Man，很有魅力。

现在想起来，那一切，真的是传说中的一见钟情，我找不到理由去解释于子对俞霜的吸引。在此之前，我曾经带俞霜去采访当时大红大紫的一位体育明星，却也未见她有如此灼热的目光。

接下来的情节有点逆天。

按说对于于子这样的流浪歌手来说，被这样一个大学毕业、单纯可爱的女孩热烈执着地爱上,是件可遇而不可求的事情,应该好好珍惜。可没想到,于子的态度只有一个字:逃!

我当时只身一人,没有男友,闲来无事,就陪俞霜聊天,和俞霜一起逛图书馆。然而在接下来,俞霜却做了一系列让我瞠目结舌的举动。

她像一只被爱情磁铁牢牢吸引的钉子,钉在了那个地下通道里。

她每天晚上都去听于子唱歌,什么也不说,什么也不做,就蹲在于子旁边,静静地待着。我陪她去过两次,我看得出来,她真的陷进去了,她沉浸在爱情里了,她只要一走近于子,就忘记了整个世界,满眼满心都是于子。

于是,于子开始逃,从这个地下通道,转到那个地下通道,还更换了驻唱的酒吧,就是为了躲避俞霜。

我不明白,我真的不明白,我问过俞霜不止一次,于子到底哪里吸引了她,她羞答答说不上来,只说就是想找到他,想待在他身边,就觉得待在他身边非常安静,非常安心。

这个事情,有点怪异。

我私下里猜测,难道,俞霜曾经有过一个这样的哥哥?于是打听俞霜的同学,得到的消息却是,俞霜是独生女,娇生惯养长大的,没有什么哥哥,更没有接触过什么流浪歌手。好吧,我承认,在这个问题上,我输了,输给了俞霜,她的感情完全不是我所想象的。

在俞霜22岁生日那天晚上,我们一起吃了晚饭,然后,俞霜对我说:"安子姐,陪我出去走走,好不?"

我说好。

接下来,我陪着俞霜走了整整四个小时,一直走到了半夜12点,脚都要被鞋子磨破了。

我陪着俞霜找于子,从朝阳的地下通道找到东四的地下通道,最后找到三里屯于子曾经驻唱的酒吧。

我听见俞霜一次次给于子打电话,说:"我就想见见你!我今天生日,我就想见到你!"

我也一次次听见于子说:"你见我干什么,我又不是你男朋友!"

最后,我实在忍不住了,夺过手机,对电话那头的于子说:"见一面你会死啊!你到底在哪儿啊!"

于子在电话那头叹了口气,对我说:"安子,你别吼,这孩子有点死心眼,你劝她回去吧,大半夜了,不安全。我不能见她啊,我第一次见她就知道她的心思,我们不可能,安子,你懂得,我不能害她啊!"

我拿着电话,愣了半天。俞霜在旁边听到了,扯着我的手,嘤嘤哭了起来:"安子姐,你帮我问问他在哪儿,我想见到他,今天是我的生日,我就想见到他。"

就在那一刻,我突然明白,爱情真的是没有缘由的,它来了,就是来了,谁也挡不住,不管是一个人的爱情还是两个人的爱情,它都是爱，是你无法抑制无法阻拦的情感。宛如小时候去玩具店，一眼就喜欢上了那个粉色的毛毛熊，没有人告诉你哪个玩具适合你，没有人告诉你哪个玩具更可爱，你就是喜欢上了，就是想要拥为己有，这，就是爱！

俞霜还很单纯，她不会一哭二闹三上吊，也不会说什么甜言蜜语，她只会哭，后来干脆对着电话嘤嘤地哭，哀求于子告诉她，他在哪儿。

那一刻，看着俞霜，我突然觉得自己很惘然，我比她大三岁，男友也谈过几个，却从没有过这样强烈的感觉，单纯的执着的想念，什么也不做，就想看到他，就想待在他身边。

后来，我拖着俞霜回了家，她嘤嘤地哭着睡着了，宛如一个失去了心爱的玩具的孩子。

次日，我约于子见面，他格外小心，躲躲闪闪，直到确定是我一个人的时候，才终于走了出来。

我恨不得给他两个耳光，如此狠心，舍得让一个刚出校门的小姑娘哭成这样，相思成灾。

我请于子吃面，他跟我说了心里话。

"安子，我不能见她，真的不能见。"

"为什么？"

"我什么也给不了她。"

"她什么也不要。"

"可你能保证她不会和我上床么？"

"你想太多了,她还是个小姑娘,天真、单纯,她就想看见你,看见你就像看见了晴天。"

"可我不能保证。"

我无语。

当爱情沾染上了荷尔蒙的气息,我们谁也无法保证,未来会变成什么样子。尽管你是我的男人、我是你的女人听起来很美好、很笃定,可接下来呢?责任?谁又能对谁负责呢?

接下来的一年里,俞霜纠缠了于子一年,她常常哭着打电话给于子。于子心肠软,听不得俞霜在电话里哭,而且于子答应过我,尽量哄得俞霜不哭。于是这场爱恋就变得很畸形,连我都说不清楚这算不算爱情。

然而俞霜却是不肯退缩的,她在电话里跟于子说,要给于子一个未来,要给他灌唱片,要让父母给他们买房子。俞霜以为这样,于子就会见她,就可以爱她。她太小,还不知道,男人可以为你放弃很多,也可以为你接受很多,可唯独尊严不能放弃,唯独施舍不可接受。

时至今日,我始终觉得,于子是个好男人,一个纯粹的好男人。不管他的收入、职业如何,不管他是否跛脚,我都觉得他称得上一个顶天立地的好男人。不管他的内心有没有爱上俞霜,他所做的一切,都是负责的、认真的,而且是有担当的。只是这个故事的结局,太令人唏嘘。

在俞霜23岁生日那天,俞霜告诉我,她打算给于子打最后一个电话。

说实话,俞霜是我见到过的最倔强的女子,因为单纯,所以倔强,她竟然将这种从不见面的一个人的爱情,坚持了一年。所以,当俞霜告诉我这个决定的时候,我也觉得,是该结束的时候了。

但是我断然没有想到,俞霜以这样一种方式去结束她的第一次爱情,她的第一次心动。而这种结束,让她一生再不得安宁,这份缘,最终说不上是情缘还是孽缘。

俞霜在23岁生日那晚,打电话给于子,她告诉于子,她在第一次见到他的那个地下通道等他,如果他不去,她就一直等下去。如果等到半夜两点他还不去,她就爬到地面上的过街天桥上去,跳下来,了此一生。

后来,于子去了,也许是担心,也许是无奈,也许是感动,总之不管什么原因,于子去了。

后来,俞霜到底还是爬到了过街天桥上,半夜的马路,人烟稀少。俞霜为了爱,打算放弃这个世界,用她自己的话说,一年了,就算是铁石心肠也熔化了,你为什么就不能试着爱我一次?哪怕爱我一点点?

而于子却连假意逢迎也不会,只有一句话:我们不是一个世界里的人,我们没有可能!

最后,俞霜翻过天桥的栏杆,跛脚的于子去抓她,拉扯中,于子摔下了过街天桥……

这场爱情,终于落幕,谁也无法左右俞霜,她太执着太热烈,她轰轰烈烈地上演着自己的爱情,无人能够阻止,直到真的有一个人,为了爱,放弃了全世界。

十多年后,我遇到俞霜,她还孤身一人。

我问她:"你还保留着他的手机号吗?"

她回答:"嗯。"

"人都没了这么多年,就别执念了。"

俞霜望向别处:"我只想听听他的声音。"

这世间,真的有这样的女子,将真爱永藏心底。只可惜,这女子不是我,只可惜,我未曾经历那惊心动魄的爱情,哪怕是一个人,一样的惊心动魄,轰轰烈烈。

Part 2

我遇見你,
我记得你

少年鑫的奇幻人生 ◎

塔里木盆地、塔克拉玛干沙漠、沙漠油田、运输车队……

沙尘暴、百里油田、千年胡杨……

在那一望无际的沙漠里,有个少年,被汗水浸透了青春。

他试图用尽全力,撕破无尽的沙漠,冲出一条青春的出路。

他沉默、不合群,然而内心却积蓄着澎湃的力量。

那个少年,就是鑫。

第一次见到鑫的时候,被这个少年的沉默所震撼,真的是一种震撼,从没见过这样目光如铁的少年。

没有这个年纪应有的轻狂,也没有这个年纪应有的蓬勃,有的是一种彰显的钢铁一般的坚硬,似乎不用靠近,就能够感受到钢铁凛冽不屈、沉重冰冷的气息。

于是，对这样一个截然不同的少年，我产生了浓厚的兴趣。

那个时候，我接了一个杂志的专栏，叫"七彩人生"，要采访各色各样的人。正好有个摄影记者去拍摄一组矿工、油田工人的照片，我顺便跟着去寻找采访对象。于是，遇到了这个迥然不同的少年，他就此落入我的采访计划。

安子还算有些采访经验，曾经凭借自己的三寸不烂之舌，撬出过许多明星的八卦内幕。不过因为抵不过内心的煎熬，不得不放弃那些貌似可以一炮打响的新闻，毕竟，我还有一颗柔软的心；毕竟，我不想成为被人扔鸡蛋的狗仔队。

可面对少年鑫，我似乎什么也问不出来，在言语上，他是只铁公鸡，我只能从他的只言片语中，臆断这个少年的曾经。

少年鑫只说，他来自大漠，仅此。

少年鑫的声音倒是很好听，很有穿透力，让我想起在黄土高坡上高唱"山丹丹那个花开红艳艳"的阿宝。

就这样，我的初次采访折戟而归，不过在临别前，少年鑫还是开了口，他问我："姐，有没有客串播音的机会？"

看着少年鑫那棱角分明的脸，我突然意识到，如果有合适的温度，也许，他坚硬如铁，温柔如冰的内心，就会瞬间融化，汹涌的力量就会喷薄而出。

半个月后，和电视台做编导的朋友聊天，他提到缺一个配角，一个流氓小混混的配角，在一个栏目剧里。我突然就想起了少年鑫，电话打过去，话筒那头低沉的声音不似少年。

少年鑫说:"好。"

告诉了他时间、地点和联系人,他又说"好"。

后来,我把这件事忘到了脑后,却意外地接到了那个朋友的电话,他问我,在哪儿找的这么一个野小子,活脱脱演出了一个狠角色。拍摄那天,朋友很头疼少年鑫的那股子粗犷的蛮劲,结果没想到,片子剪出来,效果出奇地好。

朋友还说了个细节。当天拍完,少年鑫静默着,一直没走,最后大家都散得差不多了,他跟朋友要拍摄的报酬。朋友当时正头疼鑫那野蛮的表演,于是皱着眉头,说他的表演通不过,一分钱没给他。

最后,朋友对我说:"我给你发个微信红包,你转给这个野小子吧。"

我没有真的把红包发过去,我以发薪的名义,约了鑫吃饭。

那天,直到快吃完饭,鑫才终于卸了盔甲,开口对我说,那天,他并没想要多少报酬,只是因为没有公车了,口袋里的钱不够打车回去,就想多多少少有个路费。结果,他还是走了大半夜,才回到住处。

我叹了口气,盯着眼前这衣着整齐、寡言少语的少年,说:"所有的付出都不会白费,汗水是真的,泪水也是真的。"

少年鑫怔了一下,抬头看了我一眼,目光如铁,看向别处,缓缓地说:"梦想也是真的"。

吃完饭,坐地铁,和鑫顺路,这卸去了盔甲的少年,终于向我讲了自己的经历。

请允许我借用当年摇滚歌手张楚的那首《姐姐》,来描绘少年鑫的人生。

走出学校的那个冬日,雪还在下,少年鑫站在路上,眼睛不眨,他的心跳还很温柔。

姐姐,你该表扬我,说我今天很听话。

我的衣服有些大了,你说我看起来挺嘎。

我知道十四岁的我,站在人群里挺傻。

我的爹,他总在喝酒,是个混球。

在死之前,他不会再伤心,不再动拳头。

他坐在楼梯上面,已经苍老,已不是对手。

面对油田,我得活着,而且潇洒。

姐姐,我知道你在旁边,看着我,觉得挺假。

……

帕斯卡尔有句名言:"我只赞许那些一面哭泣一面追求的人。"

最后,少年鑫对我说:"如果人生可以重新来过,我还是只能退学。"

三个月后,少年鑫终于找到了工作,他给我打电话。呼啸的风吹过话筒,他的声音意气风发。

"姐,我在海上。

"我在邮轮上当男招待。"

无须多问,我听得出他的开心。

复一个月,鑫请我吃饭,说上次我请他吃饭,要回请。

还是那个沉默少年,多了一分朝气,多了一分蓬勃。

"姐,他们让我朗诵,让我唱歌,让我潜水,给我小费……"

我笑了,其实,我早就知道了一切,游轮招聘的信息,是我发在"漂在北京"群里的,招聘的主管是我的老朋友,我用另一个号码发的,他不知道。

我稀罕这个坚硬的少年,稀罕他的沉默,稀罕他的成熟。

我相信,他的人生,一定会有故事。

不过,我断然没有想到,这个少年,竟然在去往非洲的游轮上,失踪了!

他的故事,就此结束,还是,就此开始?

当时间快要将少年鑫从我的脑海里抹去的时候,他,竟然,回来了。

少年鑫拖了个行李箱,站在四惠地铁站的出口,看见我走向他,远远地冲我笑:"安姐。"硬朗依旧,还多了几分爽朗。

少年鑫黑多了,也瘦多了,站在地铁站旁边的铁板烧旁边,看起来更像一块刀枪不入的铁板了。

正值饭点,在地铁站附近寻了个拉面馆坐下。

我久久没有说话,看着少年鑫贪婪地吃面,想象着他的这一年,究竟如何度过。

还是快吃完饭的时候,我问:"这一年,你去哪儿了?"

他狡黠地冲我笑,答非所问:"开弓没有回头路。"

好吧，那么这一年，你是怎样度过的呢？

少年鑫讲了几个片段，这一年，就波澜壮阔地展现在我的眼前。

他在世界排名第三、高达111米的非洲赞比西河上的维多利亚瀑布大桥蹦极时，内心充满了忐忑。

绳子断了怎么办？

坠落后遇到鲨鱼怎么办？

他甚至担心工作人员会在数到"2"的时候，一脚将他踹下去。

在坠落的那一瞬间，恐惧席卷全身，他禁不住大声呼喊。

在一次次的反弹中，他一次次喊叫，最终坦然张开双臂，拥抱大地。

转眼看到雄伟的维多利亚瀑布，头朝下脚朝上的视觉感受瞬间击中他的内心。

他去过西非最危险的城市拉各斯，到中国人开的餐馆去打工，华人老板如何也不肯相信他一个人来到拉各斯。

他在西非麦卡隆的中国打矿厂打工，在西非，他最开心的事情就是看到有中国标志的单位。有一次，打矿厂发工资，工资为两亿中非法郎，折合人民币200万左右。厂里请了一队保镖来护送这笔钱。结果……结果，保镖把钱抢了，跑了……

他还遇到过抢劫。

有一次，在西非，被抢了钱包，少年鑫下意识地想要拨打"110"，却不知道当地是否有这样一个号码，就用自己当年在大漠里，跟收音机学到的简陋的英语询问路人。过路的小伙子向他比画，说明自己的手机没电了,于是,他就将自己的手机从裤带里掏出来,递给了他。

现实总是那么残酷,就在下一秒,少年鑫的手机,被抢了。

小伙子拨通了一个电话号码,说了些什么,少年鑫听不懂。但说着说着,小伙子撒腿就跑了。见他跑了,鑫撒腿就追,可那些街道,七扭八拐,追了几条街,就看不到他的踪迹了。

少年鑫还在漆黑的街道遇到过手持匕首、目光凶狠的歹徒……在危急时刻,他也曾经无奈地歇斯底里地呼喊:"救命!"

……

少年鑫在叙述的时候,是激动的,尽管还是不动声色的表情,棱角分明的面孔,却还是有压抑的激动在言语间彰显。

"你为什么要留在西非?"

"想看看世界。"

"太危险了。"

"不怕,塔利班我都见过,拿枪对着我……"

那天,分别的时候,我突然想起少年鑫曾经说过的那句话"梦想是真的"。

我仿佛看见塔里木盆地、塔克拉玛干沙漠、沙漠油田、运输车队……

沙尘暴、百里油田、千年胡杨……

在那一望无际的沙漠里,有个少年,被汗水浸透了青春。

他试图用尽全力,撕破无尽的沙漠,冲出一条青春的出路。

他沉默、不合群,然而内心却积蓄着澎湃的力量。

如今这个少年,终于将所有的力量捧了出来,捧给了未知的世界。

其实,我一直很想对少年鑫说,好好规划一下自己的人生,唠叨一些关于人生规划、职业生涯的话题。然而,真正坐在他的对面,这些话,似乎完全说不出口。这样的少年,让我想起童话故事《美女与野兽》里的野兽,让我想起人猿泰山,似乎所有的说教对他来说,完全没有实际的意义。

他的内心,在孤寂荒芜的大漠里,已经长成了一棵抖擞的仙人鞭,他只会按照自己的意愿,去披荆斩棘。

对于他来说,正因为前方一片未知,梦想才充满神奇的幻彩。

他的人生命定奇幻。

回国后,少年鑫接着做群演,他去学武术、散打,还学播音、表演。

终于有一天,我在某个电视剧里,看到了他的面孔,虽然只有为数不多的一些镜头,而且是绝对的路人甲、路人乙,然而,却替他开心不已。

再后来,少年鑫去了丽江。他发来照片,画面里,他住在一只船上,船上有煤气罐、煤气灶、锅具和日常用品。少年鑫对我说,他在美丽的丽江做摆渡人,天空很晴朗,湖面很美丽,生活很美好。

少年鑫的生活似乎总会在某个节点,突然地拐个弯,拐向我们未曾想过的奇幻和美好。当然,必然也有我们未曾想过的艰难和苦涩,然而,在大漠的寂寞孤独中走来的少年鑫,始终甘之如饴。

一年前,少年鑫归来,还带了女朋友来,找我"开拓"。

原来,两个人办了一个少儿表演培训班,托我帮忙找找生源,做做宣传。

看着少年鑫日渐老成的面孔,我突然意识到,他,长大了。

几日后,我带了女儿来试课,少年鑫给孩子们讲表演。

有位家长提问,孩子晕镜头怎么办?

少年鑫回答:"面对镜头,我也恐惧过、慌张过、绝望过,但从没放弃过。"

我想,在他奇幻的人生之旅上,始终就是这样面对一切未知的吧。

少年鑫,只是千千万万少年中的一个,千千万万"北漂"中的一个,而且,差不多算得上最卑微的一个。

没有父母的呵护,没有家庭的资助,14岁退学,到油田去做工人。后来,在游船上做过服务员,在西非餐馆里打过工,在西非的矿山挖过矿,在丽江的摆渡船上做过船夫,在一部又一部电视剧里做过群演、跑过龙套……

他的人生,绝对和规划、严谨无关,绝对和精致、上流无关,然而,他却始终怀揣着自己的梦想,努力去往梦想的地方。

他的梦想究竟是什么?恐怕只有他自己知道,但是,纵然千难万险,也应比1600年前的玄奘容易许多,玄奘可以抵达西天,他,为什么不可以？

如果要给少年鑫贴上标签，那么他绝对不是一个优秀的少年。

内向、不善言辞、孤独、沉默、倔强……

他所经历的寂寞和孤苦，他所流过的汗水和泪水，绝对比一般少年多，然而难过之后，擦干眼泪，继续前行。

这，就是少年鑫。

生命最重要的不是享受，而是创造和体验。

好奇与冒险本来就是人类与生俱来的品性，因为坚硬，所以永不退缩！

谨以此文献给所有在生命的旅途中勇往直前的当下的少年，以及曾经的少年。

孤独也罢，痛苦也罢，艰难也罢，疯狂也罢，冲动也罢，只要有梦，你就会与众不同！

茨威格有句名言："一个人生命中的最大幸运，莫过于在他年富力强时，发现了自己的人生使命。"

生命永远不缺少奇迹，梦想没有终点站！

愿我们每个人都不负此生。

且将青春一饮而尽 ◎

2013年的一天,我收到了一封陌生的来信,来信躺在我的QQ信箱里。

来信邮箱陌生,信的内容只有一张图片,主题只有四个字:我回来了。

当我随手打开邮件,瞥见下方那图片附件的缩略图里,有一只老鼠和一只青蛙,我的心,突然颤抖起来,她,回来了?

再见她,是在周六的下午,约了在奥林匹克森林公园的南门见面,没想到,却在8号线的地铁里,见到了她。

她上车的时候,没有看到坐在角落里的我。其实,我也并没有认出她来。

我看到一个穿着宽大的棕色外套的女孩,提着一个硕大的滑板，和拥挤的人群一起，挤进了车门。她的后背斜对着我，背着一个印满了灰色羽毛的帆布书包，深棕色的及颈长发，清瘦的身材，黑色的牛仔裤，白色的袜子，黑色的板鞋，手里的滑板格外显眼。我本以为，这不过是一个不识愁滋味的莽撞青年，略带中性的个性女子。可总觉得那张侧脸太熟悉，熟悉到让我不敢相信。于是，我一直盯着她，直到她在奥林匹克森林公园的南门下了车，我跟在她身后下了车。

那是多么柔顺的一张面孔，普通、简单、平实，和当年一样，温和而温暖。她没有发现我，直到我拨通了她的电话，在电话里对她说："金蟾，你回头。"

人生有很多时刻，真的就像电影里的镜头一样，永远地定格在那里，对于镜头里的彼此来说，都没齿难忘。十年前，她一样如此回眸，对我说："安子，你放心。"这"放心"二字，我惦记了整整十年，直到今天。

单金蟾是我的小学同学，她在我小学五年级的时候，转学到了我们学校。

从她入学的第一天起，语文老师的目光，就从我的身上转移到了她的身上。如果不是她的出现，也许每天早晨收齐全班的作业，抱到教师办公室的那个孩子，永远都是我；也许胳膊上挂着三道杠，在每周一全校的升旗仪式上，举着沉重的大旗走向旗杆的孩子，也永远是我；也许每次作文课上被当作范文的作业本上，总会写着我的名字。

好吧,我承认,我人生第一次感到嫉妒,就是因为她。

不过似乎除了我和老师,并没有太多的人在意单金蟾。下学时同学们总是结伴而行,谁家住哪儿也都一清二楚,唯独没人见过单金蟾下学往哪儿走,似乎一下学,这个连钢笔字都写得漂亮得让我嫉妒的优秀学生就人间蒸发了。

我承认,我甚至偷偷地私藏了单金蟾好几本用完的作业本,就是为了临摹她的字体,那样周正而刚劲有力的字体,是我无论如何也学不会的。不过她的作业本,总是用完了正面用反面。而有一次,老师要大家交五块钱资料费,她竟然和我一起回了我家,求我妈借给她五块钱。

在记忆里,单金蟾永远穿着黑灰的衣服,配上她那双亮晶晶的眼睛,格外引人注意。

顺便说一句,单金蟾,是我的同桌。

一直到小学六年级的那个大雪天,我才第一次确认了单金蟾的秘密。

那天大雪,下学后,我去教导主任的办公室盖章,请老师在我投稿给全国青少年征文大赛的作品上盖一个学校的红章。

可刚出教导主任的办公室,就看见不远处的大树底下,有个黑灰的身影,这个身影在雪地里格外醒目。

我好奇,她在干什么?

意识到她没有发现我,我就躬身躲到了操场的乒乓球案子后面。

过了一会儿，一个男孩从校长办公室走了出来，那是一个多么清秀的男孩，而且竟然穿着细条纹的呢子大衣，戴着一顶灰色鸭舌帽。在那个年代，这副打扮，简直就是电影里男主角的标配。

看见那个男孩向单金蟾走过去，我突然心跳起来，难道她在等他？

那天，我在不远处窥视着单金蟾和那个帅呆了的男孩，竟然发现那个男孩不仅非常自然地将书包递给了单金蟾，甚至还拉了单金蟾的手。我看不见单金蟾的脸，但是在我想象中，她一定羞红了脸颊。

初中入校的第一天，我惊喜地发现，我和单金蟾同校。不过谢天谢地，这次，我们不在一个班，她在一班，我在二班。没想到，学校里除了有单金蟾，还有那个男孩，那个和单金蟾牵手的男孩！

好吧，我承认，初中三年，我第一次体会到了什么是暗恋，而且让我整整三年都无法释怀的是，单金蟾竟然和那个男孩，那么好！他们每天下学都一起走，上学都一起来，那种亲密，在我们这些多嘴的男孩女孩嘴里，简直就是眉目传情，暗度陈仓。可没有人敢公开说一句有关那个男孩的微薄之词，因为那个男孩的母亲，是差不多全国人民都认识的某行业的知名人士。

当然，我知道了那个男孩的名字，他叫陈潇。

但是关于单金蟾，我始终了解的很少很少。

直到有一天。

那一天，单金蟾在教室里弄脏了裤子，那件事，对于我们那个年纪的女孩来说，敏感、害羞，而且畏惧。所以当陈潇去找她时，她不敢从凳子上站起来，而是央我去应他。

说实话，我当时内心是开心的，我甚至希望单金蟾能够在陈潇面前出丑。不过，我还是帮了单金蟾，我把我的校服脱了下来，给她绑在了腰里，送她回了家。我俩先送那个男孩到家门口，然后才一起回了单金蟾家。

说实话，那是年少的我，第一次接触到那么底层的生活。

单金蟾家在大杂院里，不是那种正规的院子，而是一些七零八落的简易房组成的一片居住地。至今记得，单金蟾家门前有棵被砍倒的大树，很粗，我们那天就在那棵被砍倒的大树上坐了一会儿。

我们在树干上坐了一会儿，单金蟾的爸爸才拉着一车的废纸箱、废瓶子回家。于是单金蟾对我说，我该去做饭了，你要在我家吃饭吗？

我愣了一下，随即顺着单金蟾的眼神看过去，不远处，一个两三岁的小男孩正扯着一个面孔呆板、笑容痴傻的中年男子的裤腿往这边走。孩子边走边咿咿呀呀地喊："姐姐，我饿了！"

单金蟾走过去牵过小男孩的手，说："走，姐先给你热饽饽。"

而男孩身后的中年男子，也痴痴傻傻地跟着喊："我也要热饽饽。"

初中三年，我和单金蟾的关系越来越近，这种近，不仅仅是因为她带我去了她家,更是因为她发现,我痴迷于陈潇。

某一天,单金蟾问我:"你喜欢陈潇啊?"

单金蟾说,陈潇是她的远房亲戚,不爱学习,为了让陈潇能够用心学习,在小学四年级时,陈潇的母亲把聪明好学的她转到了陈潇所在的学校,也就是我所在的学校,并且让她陪陈潇一起上礼仪课、接受家教,直到小学毕业,陈潇能够适应学校生活为止。后来,为了儿子的安全,陈潇的母亲将她和陈潇又安排到一个初中,并且要她每天和陈潇一起上下学。

最重要的不是上面那些,最重要的是,单金蟾告诉我,她不喜欢陈潇,在她眼里,陈潇就是一个绣花枕头,胸无大志、懦弱怠惰。

单金蟾说,她照顾陈潇,只是为了报恩,如果不是陈潇的母亲,她连初中都上不了。

直到那一天,我才真正明白,单金蟾的家里有多穷,她母亲在生她弟弟的时候难产去世了,而他父亲,还带了一个痴傻的兄弟一起生活。单金蟾说,如果不是陈潇的妈妈支持,她在小学二年级就退学回家照顾弟弟了。

当然,那一天,我对这些都不感兴趣,我一再追问单金蟾:"你真的不喜欢陈潇?如果你不喜欢他,为什么还和他拉手?"

单金蟾笑了,温和地说:"他是我弟弟啊,为什么不能拉手?我要保护他啊。"

单金蟾的人生,在初三毕业前,突然转了个弯。

在初三毕业前,单金蟾和陈潇在学校操场后面的小树林里,被抓了现行。

后来,据抓住陈潇和单金蟾的保卫处主任说,那晚,月亮很大,操场上似乎有女生轻声啼哭的声音。于是,他们打着硕大的手电,顺着细微的声响找到了操场后面的小树林里。结果看见,地上,一个男生正压在一个女生身上,那女生的裤子被褪到了脚面。

这件事,让整个学校为之"沸腾"。

还记得那一天,单金蟾的眼睛不再亮晶晶,双目茫然,看着远方,不管我说什么,都似乎没有听见。

最后,我实在忍不住,对她说:"没关系,金蟾,他一定会对自己的所作所为负责的,他将来一定会娶你的。"

单金蟾转过眼神,目光突然凶狠起来,冲我咆哮:"没有,什么都没有,他喝醉了!"

初中毕业那一天,我们都在期盼,毕业典礼上,校长会宣布陈潇和单金蟾的处分通知。然而,在主席台上,我们竟然看见了陈潇的母亲。更让所有学生为之惊愕的是,校长的确提到了陈潇和单金蟾,然而,他宣布的,并不是对这对不堪男女的处分,而是满脸笑容地宣布,陈潇和单金蟾将前往国外某所世界著名的高中就读。

当晚,陈潇请大家吃饭,到场的都是一些和他关系比较好的同学,作为金蟾最好的朋友,我也被邀请了去。不过当晚,单金蟾并没有到场。

那一晚,我频频向陈潇敬酒,一次次以好友的名义,拜托他照顾好金蟾。

最后,我们都醉了,男生们吆喝着去 KTV,我也跟着去了,一群男生里,只有我一个女生。

当晚,是我人生的一个小高潮。只可惜,这个小高潮还没有真正上演,就在单金蟾响彻 KTV 的咆哮声中落幕了。

那晚,我们都喝醉了。

而我,则在酒精的刺激下,决定报复,报复单金蟾,夺走她的男人。

在 KTV 里,陈潇压在了我的身上,男孩们哑着嗓子吼叫:"陈潇,上!"

就在陈潇正要扯开我的上衣时,门被人踹开了。

我又一次听到单金蟾的咆哮,然后,陈潇从我身上被拖走,紧接着,一记清脆的耳光响起。

我头重脚轻地站起来,迷迷糊糊地看见陈潇的左脸上有五个鲜红的指印。

……

那是我第一次去机场,去送陈潇和单金蟾。

单金蟾在走进登机口之后,回头看我,目光决绝,对我说了最后一句话:"安子,你放心!"

是的,这是我和单金蟾的约定。

那晚,在我家门口,单金蟾向我发誓,她不喜欢陈潇,也没有真的被陈潇欺负。她答应我,出国后,绝不碰我喜欢的男人;

她还向我发誓,一定照顾好我喜欢的男人。

陈潇和单金蟾,就这样从我的生活里消失了,消失得干干净净。

本以为,岁月里的人,不过是少年的过客,都会随着时间被洗刷殆尽。没想到,十年后,她回来了!单金蟾,真的,回来了!当那张只画着老鼠和青蛙的来信,触动我深埋心底的那根弦,刺耳的震动,还是让我禁不住泪流满面。

当我和单金蟾并排坐在呷哺呷哺的高台前,面对着各自红油翻滚的小火锅时,我不知该如何开口。

本以为,十年前的那场青春早已散场,没想到,她竟然把我们重新拉回了时间的隧道里。

单金蟾和当年一样温和,抬起头来,微笑着问我:"安子,这十年,你还好么?"

良久,我抬起头,问她:"你呢?"

单金蟾笑着将棕色的头发压在耳后,所答非所问:"唉,白头发太多了,就染了。"

火锅快要见底的时候,我们才终于打破了尴尬,聊起了彼此的十年。

原来,当年,陈潇的母亲的确是打算等陈潇高中毕业后,送他出国留学的,可没想到初中毕业前,陈潇闹出了那么个幺蛾子,念及陈潇的面子和单金蟾的名誉,陈潇的母亲只好出此下策,送二人出国读高中。

金蟾当年是不肯出国的,她想和收破烂的父亲和叔叔一起,带着弟弟回到农村去,她觉得在老家务农,嫁个农民,都比受人恩惠开心很多很多。可是陈潇的母亲要求她去,还许诺她,如果她跟着一起去国外读高中,就把她年幼的弟弟带到国外去抚养,生活。

让金蟾心动的,就是后面这个条件,金蟾想让弟弟过得好一点,希望弟弟将来能够出人头地。

"国外的生活不错吧?"

"还好吧。高中我开始打工,餐厅要求服务员滑滑板送菜。"

"打工?"

"我和弟弟要生活,不能都靠陈潇的妈妈,我承担不起那么重的恩情。"

"陈潇回来了么?"我终于提起了陈潇。

"没有,他读硕士了。"

"安子,你还惦记他么?"

我抬起头,看着单金蟾亮晶晶的眼睛,一字一顿地回答:"金蟾,十年前,你对我说过'安子,你放心'。"

单金蟾倒吸一口冷气:"安子,你不用惦记了,他不会回来了,永远不会回来了。他已经不是中国国籍了,而且……他已经娶妻了。"

我瞪大了眼睛。

单金蟾不看我,低头从自己的小火锅里捞起一根茼蒿,使劲往嘴里塞,边吃边说:"今年十月,在巴厘岛结的婚。他再也不需要我的照顾了,所以,我回来了。"

"那你,你和陈潇?"

"我和陈潇?"

单金蟾突然转过脸来,认真地看着我,幽幽地说:"我答应过你,不会动你的男人。"

我突然爆笑起来:"你开什么玩笑,他根本不是我的,从来不是!"

眼泪,却从我的眼角滑落下来。

单金蟾把脑袋探过来,贴在我的耳旁,轻轻地说:"安子,十年了,忘了吧。他不值得你惦记,真的,不值得。"

我扭过脸,一字一顿地说:"我不是惦记,我是恨,你不懂,你永远不会懂。"

单金蟾转过头,目光散落在白蒙蒙的蒸汽里。

"安子,我懂,你恨我,恨我夺走了你的三道杠,恨我吸引了陈潇的目光。"

我愣住了,呆呆地看着她,半晌才想起一句话:"你为什么没有和他在一起?"

"愿弃一世温饱,换我倾歌韶华。"

"可如果你嫁给了他,你可以过得很悠闲,过得像个阔太太。"

单金蟾苦笑着看了看我,摇摇头:"高中三年,我和弟弟住在他在英国的家里,那是我最压抑的三年,我几乎没有一天不焦灼,没有一天不紧张。"

我张大了嘴,满脸疑惑转向她。

"安子,你真幸福,你没有过过寄人篱下的生活,你没有背负过那么多的恩惠,你不会因为自己多说了一句话而感到忐忑不安,也不会因为身边的人随口的一句话而感到无所适从。"

"可你有机会在国外读高中,读大学!"

"我没有读大学。"

"为什么?难道陈潇的妈妈不再帮助你们?"

"不,是我自己拒绝的。我的人生还没有奢侈到能够安心地去读大学。陈潇的妈妈供我在国外读高中,供我弟弟在国外读小学,已经令我寝食难安了。我就算打七份工,也凑不出足够的钱,可以给我和弟弟在那里租房子,供弟弟在那里读小学。所以,我不能读大学,不能。"

事实上,我根本不了解金蟾,在她的母亲过世后,她在岁月的每一分每一秒里,其实,内心都坚硬如铁,温柔如冰。

事实上,我更不了解陈潇,在陈潇那纨绔子弟的外壳下,有着一颗被禁锢的、被束缚的、异常脆弱的内心。金蟾告诉我,如果不是陈潇以死相逼,她早就回来了。我其实早就应该明白,陈潇,是依赖金蟾的,他离不开她,却敌不过母亲为自己铺就的人生之路。

和金蟾一起走出呷哺呷哺的时候,太阳西斜,淡黄色的光线落在金蟾清瘦的面孔上,我突然觉得,她所有的温和,其实都和这柔和的午后阳光一样,来自一个强大的内核。

那一天，对我来说，内心走过的路，仿佛比过去十年还要长。我突然觉得，金蟾是我的好朋友，是的，她是我的好朋友，是我可以依赖的好朋友。

为什么那么多年，我始终没有觉得她是我的朋友呢？

金蟾回国后，非常努力地工作，后来，她介绍我去了她所在的公司，那是一家上市公司，薪水不错。

在公司，金蟾是动手能力最强的那个，不管是办公室的电脑坏了，还是茶水间里的咖啡机坏了，不管是客户合影时找不到摄影师，还是外籍工程师到来时找不到翻译，她都能迅速解决，迅速顶上，所以，她被我们称为大拿。在很多同事眼里，单金蟾是个完美的女人，完美到不食人间烟火，只有我知道，她所有的完美，只因为她倾己所能，想要让自己过得更好。

忘了说，单金蟾的弟弟单鑫没有回来，他留在国外，而且也许不久，就会成为另一个国家的公民了。这是单金蟾最开心的事情，她一辈子的心愿和梦想，似乎都被单鑫实现了。

过去的一切记忆，眼看就要被岁月尘封，然而在2016年夏的那个下午，金蟾突然接到一个电话，是她爸爸打给她的。

当时，我和她正站在公司的茶水间里。单金蟾刚刚再一次修好了那台老旧的咖啡壶，我俩一人接了一杯咖啡，闲聊着工作。

挂断电话的那一刻，单金蟾流泪了，她的脸上没有悲痛，没有绝望，平静如常，然而眼泪却从眼眶里汹涌而出。

"怎么了？"

"陈潇，没了。"

我的眼前一阵发黑："怎么可能！他那么年轻！"

单金蟾没有回答，转身走出茶水间，留给我一句话："我先走了，帮我向霞姐请一星期的假，我要和姨妈一起送潇潇回老家，入祖坟。"

人生有的时候，就像这茶水间里的咖啡壶，在生产过程中，可能就有功能不佳的征兆，于是在使用过程中，常常会莫名其妙地戛然而止。然而只要给予足够的润滑和修理，还是能够正常使用的。可谁也不知道，如果没有那个勤于修理的人存在，它究竟会在哪一刻，永远地停止工作。

一周后，单金蟾回来了，整个人瘦了一圈，精神尚好，只是人更加沉默。

复一周，单金蟾休假。

"你要去哪儿？"

"去找单鑫。"

"找他干吗？"

"要他回国。"

"为什么？他不是马上就可以入籍了么？"

"我们是中国人，从出生的那一天起，就决定了我们的根，只能在中国的土地上扎根生长。"

"不，不是这样的，很多的中国人去了国外，生活得很好。"

单金蟾扭过脸，认真地看着我："是的，太多的中国人去了国外，生活得很好，但是，他们不是我，他们也不是单鑫，他们更不是陈潇。"

"陈潇是怎么死的？"

金蟾沉默了很久，很久，最后低声说："自杀。"

我难以想象，那个别人眼里优雅的、浪荡的陈潇，在离开金蟾两年后，最终还是选择了自杀。金蟾说，陈潇太可怜，究其一生，都没能活成自己，只有一次，在高中的那一天，喝多了……才像一个真实的陈潇。

2016年的夏天，我又一次站在15岁那年，送单金蟾和陈潇出国的那个机场里，岁月仿佛轮回，我仿佛又看见当年那个清瘦的女孩，扭头对我说："安子，你放心。"

然而，这一次，却没有了陈潇的身影，再也不可能有了，陈潇那招牌式的笑容，永远地藏在了我们的记忆里。

然而那个镜头依然重演，单金蟾温和地转过脸，对我说："安子，你放心！"

是的，我放心。我的好朋友，单金蟾，一定可以掌控自己的人生，一定可以承担生活的重担，一定可以让自己的家人生活得很好。这一点，我在十多年前，就看到了，如今，更加毋庸置疑。

只是，单金蟾，你自己呢？

突然想起金蟾的那句话：愿弃一世温饱，换我倾歌韶华。

阳光透过机场的大玻璃，落在单金蟾的面孔上，散发出淡淡的金色光芒。

我冲她笑了笑。

这个世界,是那样的美好,如同这温和的阳光。

我们都要好好活着,为自己肩膀上的重担,为自己曾经如洗的青春。

不折不扣的爱情 ◎

儒学是我大学时候的哲学老师,儒果是她的宠物,一头胖胖的母拉布拉多犬。

之所以用"头"作为儒果的计量单位,是因为作为狗,儒果已经胖到了令人发指的程度。具体胖成什么样子,我还真形容不出来,反正当时110斤的我经常跟儒果在教工宿舍下面压跷跷板,儒果轻松地就可以把我压起来,但是我想把儒果压起来,要在坐板上使劲蹾几下才行。

据儒学说,她爸本来给他起名叫"儒雪",但是因为"雪"字笔画太多,所以她就自己改成了"儒学"。没想到后来还真的学了哲学,专门研究儒家思想,看来也是命中注定。

儒果的名字是我给起的,儒果原名叫果果,但是不知怎的,儒学刚开始养它的时候，喊它果果它就是没反应。我故意开玩笑，说果果应该随儒学的姓，于是就喊了一声"儒果"，没想到它摇头摆尾地过来了！从此，果果正式命名为儒果。

校园里面禁止养狗，其他老师的宠物狗都像二奶一样，受尽恩宠但是见不得人，唯独儒果可以像正房大奶走在自家庭院里面一样，坦然地走在校园里面，因为它体形肥胖，行动笨拙，不会对任何人实施暴力。而且儒果从来不会跑出校园，大概它也明白，对于它来说，自由和狗肉火锅之间只有一步之遥。

儒果每次见到我，都会高兴地扑过来，我每次都要迅速躲开，不然会被它扑得仰面朝天跌倒，摔得屁股生疼。

儒果之所以会变成"乳猪"状，全要归功于儒学。儒学好吃也会吃，她可以把平常的材料做出不平常的味道来。例如，清炒土豆丝，选择中等个头的土豆，将它们洗净，快刀切成三千烦恼丝一般的细长，然后在清水里面反反复复地漂洗，再扔进铁锅里面爆炒，只用盐和胡椒调味，清爽脆嫩中夹杂着丝丝甘甜，简直让人不忍心下咽。

儒果天天跟儒学吃一锅饭，所以越吃越胖。有人说狗吃人的饭菜会危害健康，但是眼神灵动、毛色光亮的儒果却有力地推翻了这个说法。

儒学的厨艺不但催肥了儒果，也催肥了她自己和经常借口跟她学缅甸语（儒学的母亲是缅甸人）而去她家蹭饭的我。于是我们从"饭友"变成了"合肥"，后来又成了减肥盟友。

为了减肥，儒学决定给让她自己、我和儒果我们三个吃素，以减少每日摄入的热量。于是，在她家的饭桌上，再也看不到干烧黄鱼、红烧蹄髈等荤菜，只剩下八珍豆腐、三鲜烤麸等素食。可是我们三个的体重仍然噌噌往上走，最后我用我根本没有的聪明智慧，经过调研分析之后得出一个结论：吃素不是增重的原因，饭量才是肥胖的关键！没办法，谁让儒学的手艺太好了呢？

因为胖，30多岁的儒学一直单身。说实话，儒学的条件不错，名校博士毕业，又在大学里做讲师，而且脸长得还不难看，要是身材好一点，恐怕追她的人起码有一个连。

不少年长的老师一直给儒学介绍对象，但是每次都因为儒学的身材而失败。

有一次，一位后勤上的刘老师把自己的表哥介绍给了儒学。儒学当天下午两点去见面，不到三点就回来了。

谁也没想到，当天晚上，刘老师兴冲冲地找到了儒学："儒老师啊，这事成了，我表哥看上你了！你说你们什么时候结婚啊。"

儒学叹口气说："刘老师，真对不起，我觉得我跟您表哥不太合适，不好意思啊。"

刘老师愣了一下，立刻又说："儒学，我跟你说啊，这就是你的不对了，你这么大年纪了，还长成这样，就算你条件再好，也要打折处理了啊。"

我一听，眉毛都立起来了："谁要处理啊？长成什么样了啊，长成什么样也比你好看。"

儒学随手抓起桌子上的巧克力塞进我嘴里，然后抄起桌上的一个充气的玩具锤子拍在我屁股上："闭嘴！"然后又对刘老师说："刘老师，不好意思啊，我觉得实在不合适，谢谢您，不送了。"说着就把刘老师"搀"出门去，然后关了门。

我嚼着巧克力问儒学："说说，那刘老师的表哥什么样？"

儒学说："什么样？那刘老师都快退休的人了！你说他表哥什么样！年纪大也就算了，关键是这人穷得就只剩下钱了！"

我笑着说："那好啊，你嫁给他，他的钱不都是你的了？"

儒学用充气锤子打了我一下说："死丫头！我告诉你，人这一辈子，衣服鞋子房子车子都能打折，就是尊严不能打折，婚姻更不能打折！"

第二天的中午下了课，我照例去儒学家蹭饭。儒学在公共厨房里面煎炒烹炸，我在一边剥葱砸蒜打下手，紧挨儒学的煤气灶上，贾政经正在煮挂面。

贾政经是我们学校的政治经济学老师，据说这人从小就是个神童，14岁上大学，23岁博士后毕业，35岁就评上了学科带头人。可能是太专注于学问了吧，贾政经的生活实在邋遢，巴宝瑞的纯棉衬衫被他穿得跟泡泡纱做的一样，名牌西装袖口的商标不剪就不剪吧，但是你不能洗过好几水了，还不舍得摘吊牌吧。胡子拉碴可以说是个性，但是满眼的眵目糊和脸颊上的鼻涕让他怎么看怎么像拔丝苹果，还是火大炸糊巴了的。

贾政经煮好他的清水面，就开始四处找酱油，但是酱油不见了，于是小心地开口向儒学借,儒学瞧了一眼贾政经那团成疙瘩的面条,说:"贾老师,今天中午跟我们一起吃吧。"

贾政经点头如啄米般答应了。

那天中午,我、儒学和儒果都没吃饱,因为贾政经的筷子像日本鬼子附身一样快速扫荡每一个盘子,最后还把菜汤都喝了。

从此之后,"饭友"里多了一个贾政经。但是不知怎的,儒果不喜欢贾政经。每次贾政经来,儒果总冲他汪汪,还龇牙。

我每个月和儒学搭伙吃饭,交给儒学 200 元菜钱,但是贾政经从来没交过。

后来,我发现贾政经和儒学在吃饭的时候总是眉来眼去,于是就知趣的不去蹭饭了,只是偶尔把儒果借来,或者让它陪我玩跷跷板,或者让它牵着我在校园里乱逛。

暑假时,我回了家,开学返校,一进校门,就看见变得更圆的儒学正挽着一个高个男子,牵着儒果一起散步,仔细一看,那男人不是别人,正是贾政经!原来,贾政经刮了胡子,洗干净脸,换上一身干净整齐的衣服,也算是帅叔叔一枚啊!我从心里为儒学高兴起来。

有主之后的儒学更加勤劳了,每次下课后,都能在生活区的菜市场里看到她越来越圆的身影。

一次逛商场,看见穿着旧外套的儒学正拿着一件西装往贾政经身上披,贾政经一试穿,效果的确不错,儒学就毫不犹豫地从自己包里掏出卡来刷卡买下,我认识那卡,因为卡上贴着儒果的大头照。

我在一旁看得大跌眼镜，因为儒学和我一样，都是认为出门不捡钱就算丢的主儿，买衣服只买反季打折的，买吃的只买实惠的，但是今天的儒学却为一个男人买了一件三千多块钱的西装。也许对于别人来说，三千多一件的西装只是普通货，但是我知道，儒学自己都没有一件超过 200 元的衣服。

更让我惊讶的是贾政经的坦然，他一脸的理所当然。

不知怎的，我突然感觉很不舒服。

后来，不知从什么时候起，校园的林荫道上，又出现了儒学牵着儒果独自散步的身影，少了帅叔叔贾政经。我问儒学跟贾政经如何了，儒学一脸幸福地说，等贾政经当上副院长就结婚。我又问为什么贾政经不陪她和儒果散步，她说贾政经在宿舍里看书写东西，没时间出来。

于是，校园的林荫道上，又出现了三个散步的胖子——两人一狗。儒学总是告诉我贾政经多么努力，时间多么紧张。但是我却总结出一个事实，从开始相处到现在，贾政经没为儒学花过一分钱，每次出门，总跟儒学保持一定的距离，如果儒学不强行挽着他的胳膊，他绝不会跟儒学走得很近。儒学说他木讷，我却感觉后脊梁发凉。

两人一狗的"合肥组合"依然在校园里散步，儒学却很少再提起贾政经。

又一个周末，我跟儒学去校外的超市买东西。

超市在地下，一楼是金店，儒学走进去，盯着那些婚戒使劲儿地看，那眼神让人都想报警。儒学看够了，又问店员能不能根据手指的粗细进行调整，问了一系列问题后，才恋恋不舍地出来。

出来之后，儒学一脸幸福地对我说，今天她看到贾政经上网了，贾政经还问她关于婚戒的价格和样式的问题。随后，我们在地下超市购物的整个过程中，一直在讨论婚礼的每一个细节，甚至讨论了要不要在儒学的婚纱里加一件宫廷塑身马甲的问题。

买完东西，我们上楼，却在通过金店出门时，听到一个女人娇滴滴的声音："你说哪个好啊？"接着，又听到一个非常熟悉的声音："那就两个都要了吧。"

我和儒学诧异地转过头，真的是贾政经啊，他穿着儒学为他买的西装，从西装口袋里拿出自己的卡来交给金店的店员。一个女人正用双手攀着他的脖子，猩红的樱桃小口在他的脸上留下了鸡血一样的印子。

这个女人我认识，艺术学院的院花，脸长得不美但十分妩媚，身材火辣，性感女郎一枚。

我从兜里掏出一把长钥匙夹在拳头当中，并把钥匙尖从手指中突出来，我知道以我的体重，用足了劲儿，这样一拳下去，神仙也受不了。我一边挽袖子一边冲贾政经走去，却被儒学死死拉住，她低声对我说："走，别丢人。"

那天晚上，贾政经照旧一脸无辜地过来吃饭，儒学隔着防盗门对贾政经说："贾老师，天晚了，我一个单身女人，不方便招待你。"

贾政经笑着说:"看你说的什么话?咱们什么关系啊?"

儒学笑笑说:"咱们什么关系也没有了。"说完就关上了门。

贾政经又一次按门铃,儒学没有开,贾政经又按。

我走上前,打开内层的木门,对贾政经说:"贾老师,请您自重。今天下午,我们去了XX超市,在一楼见到您了……也许您认为,丑女人天生就是一种错误。但是我要告诉您,在我们丑陋的外表下,同样有着一颗高傲的心,我们可以买打折的衣服和鞋子,但是我们不要打折的爱情,更不要打折的婚姻。"

说完,我就关上了门,随手抄起剪刀剪断了门铃的电线。

此后的很多天,除了上课,儒学都没出过屋。我忙着考试、论文答辩,也只能几天去看她一次。

她不再做饭了,屋里多了很多碗装的方便面。

后来,我就毕业了,然后就开始为了生计四处奔波。其间我多次联系儒学,手机都打不通,去她家,也没有人。

再后来,我为了出国的事情回了一次学校,顺便向熟悉的老师打听儒学和儒果,才知道儒学带着儒果去了外地,去了哪里,谁也不知道。贾政经依然天天跟那个院花在一起,高高兴兴地为人家的衣服首饰刷卡。

再后来,我去了云南,在一所大学里教留学生汉语。一次下课回宿舍时,一条黄白影子扑面而来,我没防备,被扑到了地上,我正要喊"救命",才发现,扑倒我的是一只胖到没天理的拉布拉多!

正在诧异时,一个熟悉的声音响起:"儒果,你又淘气了!"

循声望去,天啊,竟然是儒学!她也认出我来了,连忙跑了过来。

亚热带夕阳的余晖中,两人一狗,三个胖子,抱头痛哭。

我没有问儒学为什么来云南,也没有问她生活得如何,因为我看得出来,她和儒果又恢复了元气,像我刚刚认识她们的时候一样,胖着,贪吃着,不打折地幸福着、快乐着。

如果珠穆朗玛也会老 ◎

　　我没上过珠峰,这是一个曾经去过珠峰采访的同事带回来的故事,至于这个故事有没有杜撰的成分,不得而知。但是我们单位的确有个编辑,后来嫁给了远在新疆的边防战士,爱情是不分地域的,哪怕在世界最顶峰。所以这个故事,就算是故事,也不会距离现实太遥远。

　　还是让我用第一人称叙述这个故事吧。

　　这个深夜,我再次仰望美丽的珠峰,我不明白丫丫为什么就这样离开了我,她不是说过吗,只要珠峰不老,我们的爱情就不会老。可是,珠峰还依然巍峨地挺立着,格桑花还依旧娇艳地开着,丫丫却已不在我的世界里天使般微笑了。珠峰,是你背叛了我们,还是我们背叛了你?

知道这里是哪儿么？恐怕没听说过吧，这里是阿里无人区，海拔5000米，从地理意义上讲是永久冻土层，从生物意义上讲是任何有氧生物都难以生存的绝境。而我们，就是驻守在这里的唯一的能够被称为动物的东西：人。

在这里，我们每天都能够看见珠峰，我们离它很近很近。很多时候，感觉自己就站在珠峰婀娜的细腰上，随时都可以占领和征服这个世人瞩目的制高点。这里除了我们，没有任何动物，没有飞鸟，也没有走兽，甚至连昆虫也没有；没有绿色，没有树木，除了风声和我们的呼吸声，别的声音我们都听不见。

然而，这里有花，鲜花，真正意义上的大自然创造的鲜花。在这片神秘的土地上，除了我们，只有这样一种鲜花恣意地纵情地放肆地开放着，它就是格桑花。别说我们这里苦闷，没有你所想象的浪漫的珠峰情怀，不，这里有娇艳妩媚的格桑花，还有我和丫丫的爱情。

丫丫是我的老乡，在这块土地上能够见到女人真是奇迹，能够见到女老乡更是奇迹之中的奇迹。丫丫是跟着一群强悍的男人一起来的，他们想征服珠峰，而丫丫则是和他们一起梦想穿过无人区，闯过死人沟，把珠峰踩在脚下的巾帼。丫丫是健美教练，有着绝好的身材和坚实的肌肉，算不上很漂亮，但够得上超级性感，特别是对我们这些一年半载见不到女人，听不到女人声音的男人来说，诱惑是无以言表的。

第一次听到丫丫声音的时候，我就沉醉了，那是多么温存多么柔和又多么甜美的声音啊，简直要把我融化掉。

别笑我远离尘世，古老而陈旧，我们的的确确是纯朴的大兵，然而我们也一样有着美好的感情和理智的大脑。

我知道，我们都知道，丫丫和那群男人一样，属于珠峰脚下那个灯红酒绿的世界。

而对我们来说，能够在寂寞冷清的世界里听到过丫丫的声音，看到丫丫青春勃发的样子，就已经是一种难得的幸福了。

当然，我们希望能够拥有丫丫，哪怕只拥有她愤怒的一瞥，或者仇恨的一拳，或者微笑的一声探问，呵呵，如果能够拥有一个微笑的亲吻就更好了。

看到丫丫的眼泪的时候，我听到我的心脏像手上正要敲下的那块冰一样，咯吱作响着裂开了。

其实，我是完全不该搅进这场爱情的，原本，在这场爱情里，我就没有任何优势，也没有任何权利。可是，我就是不可逃脱地跳了进去，珠峰做证，我最初真的没敢对丫丫有任何想法。

丫丫是哭着撞到我的，我当时正在为我们的晚饭做准备。

我们几个兄弟的晚饭其实很简单，敲点冰回去，煮化了，好做我们永远半生不熟的饭。

我正在专心致志地敲一块晶莹剔透的冰，我很喜欢这种感觉，将这样美好而坚韧的东西攻克是一种胜利。

当时我正站在一个小小的拐角里，背对着外面的世界，而丫丫，就一头撞在了我的后背上。我转过身来的时候，看见她哭红的眼睛和恐慌的眼神。我忙说，对不起。她也忙说，对不起。

然后，我走出了拐角，而丫丫则躲在了拐角里，看样子是想一个人待着。

我说，你们的人呢？别一个人瞎跑，很危险。

丫丫没说话。

我以为她听不懂我说的方言，便竭尽全力用蹩脚的普通话重复了一遍，不想丫丫开口就说："我听得懂，老乡。"如果丫丫不是女孩，我当时就真的抱住她了，多久没有听到乡音了，上帝，感谢珠峰！

我当时就特激动，我想丫丫一定能够看出来，我们这些人在珠峰脚下待久了，就和珠峰一样单纯了，不需要隐瞒什么，也不需要伪装什么。我突然觉得自己有义务劝她马上停止哭泣，回到自己的队伍里去。在这里，空气稀薄得连说话都是一种奢侈的运动，更别说哭和乱跑了，过度悲伤和激烈的运动会引起难以想象的痛楚。

丫丫却好像好久没遇到亲人似的，一下子抱住了我，伏在我的肩膀上痛哭了起来。我吓坏了，当我从她断断续续的哭诉中了解到她一路的委屈后，才敢确定这个女子没有精神病。呵呵，别笑，本来敢爬珠峰的女人就不多见，况且这是我到这里来之后见到的第一个女人。

丫丫说，她看见了我们，才敢从他们那群人里跑出来，一个人躲在这里哭。我听得莫名其妙，丫丫接着说，因为我们穿军装,所以她觉得就算她不再回到那群人中间去,我们也会把她送下山的。

哭了半天丫丫终于说,她实在受不了了,那群人里有一个男人钻进她的帐篷三回,她相信所有的人都听得见她的哭声,可是从没人理睬过。

我当时听了义愤填膺,恨不得马上去给我这位刚刚认识的老乡报仇雪恨,可是丫丫马上说,这又能怪谁呢?原本大家就谁也不认识谁,只是因为共同的珠峰梦而走到了一起,现在每个人都自身难保,我又能怎样呢?

按照规定,我们这个小小的哨所坚决不可以留宿女客,可是,我还是把丫丫留在了哨所里。我给丫丫在厨房里支了一张小小的床,那本来是为上山送信的通讯员准备的,每当大雪封山的时候,他就不得不留宿在我们这里。

是丫丫不肯走的,她说他们就在前面不远处,她今晚不想回去,她说你们是人民解放军,人民有难你们不能不管呀!

于是,我们的兄弟们就一致同意,由我负责把我的女老乡安置在厨房。

丫丫很可爱,她没有我想象的那种都市女子的高傲,她像邻家的妹妹,调皮地跟我讲最近一年老家发生的趣事,直到说得气喘吁吁还不肯让我回到我的兄弟们中间去。她说,这一路快闷死她了,有苦没处诉,有泪不敢哭,见到了我们才算见到了亲人。

我当时就想,真好,做人民解放军真好!

当晚，很奇怪，丫丫的队伍真的没有到我们这里来找她，也许他们以为她一定跑到了他们前头，想不到她会回来找我们吧。

第二天天亮的时候，我去喊丫丫起床，却发现丫丫已经走了，窄窄的小床上只有一个晶莹闪亮的银镯子，下面压着一张字条，写着几个字："感谢你，感谢你们，我去找我们的人了，希望你们在珠峰下永远幸福快乐。"简单的几个字，却重得像山间的雷击在我心上，我想这辈子我再也见不到丫丫了。我们不是生活在同一个世界里的人，有缘相见便已是我的福分。

接到丫丫的信的时候，时间已经划过了一年的四分之一，兄弟们把丫丫的银镯子挂在了哨所的门楣上，有风吹过的时候，我们能够听见风声穿过镯子的声音，细腻而温存。

我一眼就认出了丫丫的字，因为我偷偷地藏起了丫丫的字条。没想到，就算珠峰会思考，它也一定想不到，丫丫会给我写信，而且从此给我写了一年，而且，愿意做我的女友。

丫丫说，她回到了原来的生活里，但是，她已经回不去了，她思念珠峰，思念我们，思念我。虽然和我只有那么短短几个小时的交往，可是，她已经深深地被我的真实和纯美所感染。她早已厌倦了都市的繁忙和冰冷，除了金钱，在这里没有什么值得大家去费神。回来后她才发现，其实爱情就是那么简单，有个人真实地守在你身边，听你诉说，听你笑，听你哭，听你胡言乱语。

收到丫丫的信的时候，我手足无措。

我害怕，真的害怕，我们是那样完全不同的两类人，我们有不同的生活，不同的工作，不同的朋友，更重要的是，我们在不同的地点，而我所在的地点，是大多数人都可望而不可即的。在这里，爱情是一种不可预知的东西，也许是美好，也许是灾难，就像一场赌博，也许最后我会输掉一颗心。

我们的爱情很美好，美好得让我眩晕，我成了兄弟们羡慕的对象，而丫丫的信成了我们所有人的精神支柱。那是我们过得最好的一年，我们的生活有了最美好最灿烂的期盼。

知道我给丫丫的生日礼物是什么吗？那是我从珠峰上找到的两块石头。知道我找了多少块石头才找到它们吗？就像丫丫和我，那两块石头是奇迹之中的奇迹。那是两块图案和形状完全吻合的石头，一块大一块小，合在一起就是一颗心，小的可以稳稳地站在大的上面，大的可以放在下面做底座。

我在小石头上刻了四个字：缘来珍惜；大石头上也刻了四个字：缘去随意。

我想这一定是世界上独一无二的生日礼物，因为这是来自珠峰的石头，这是来自珠峰的奇迹。在世界的最高点，我把我最深最纯的爱献给你，我的爱人。

一切结束得太突然太突然，以至于直到今天，我还不明白丫丫怎么就这样走了，是生命的威胁击退了她，还是遥远的恋情冷落了她，我不知道。我其实早就知道丫丫会离开我，所以我在大石头上写了四个字：缘去随意。

可是丫丫说，只要珠峰不老，我们的爱情就不会老。可是，珠峰还在,她的银镯子也还在,她的爱却已不在了,永远不在了。

在我和丫丫通信一年后,丫丫决定再次攀越珠峰,其实不是为了征服世界屋脊,而是为了见证我们的爱情。

那一夜,我饱尝了爱情的甜美,我甚至觉得,就算生命的下一刻就要面对死神,我也无怨无憾。

然而,丫丫却不像上次那样健康,丫丫病了,就在我们飞越爱情的第二天,丫丫发烧了。

在这种地方,发烧是一种极为危险的征兆,缺乏氧气,缺少药品,而且很难下山。

没有人能够预测发烧之后会是什么,更没有人知道该怎样照顾她,一个女人。我害怕了,我的兄弟们也害怕了,如果丫丫能够扛过去则万事大吉,如果不能呢,我无法承担那个如果之后的东西。

当爱情遭遇死亡威胁的时候,我宁愿和丫丫交换生命,可是那仅仅是我的一厢情愿,死神愿意么?

丫丫的病越来越重,第三天早上,我已经明显感觉到她的气息在减弱,她不停地说胡话,不停地喊着我的名字。

在这种地方,疾病和死亡几乎无可避免地联系在一起。我恐慌,我怎能负担一个为我而死的结局。我马上请求上级领导,火速派直升飞机接丫丫下山,否则丫丫真的就没命了。

这是我们哨所有史以来最重大的一次事故,直升飞机把丫丫接下了山,随同的军医说丫丫是重度脑积水,后果,不知道。

就是一个不知道,带走了我所的爱情和美好,带走了我的心。

丫丫下山后就杳无音信了,军医说他们联系了丫丫的父母,他们把丫丫接走了。

后来?没有后来。

现在,丫丫已经离开我快一年了,我甚至不知道丫丫在哪里,丫丫是否还活着,她已经完完全全地从我的生活里消失了。

我们的爱情就这样结束了,我没有离开珠峰,我留在了这里,为了赎罪,对于我们的爱情,我是有罪的。

我常常在深夜看着巍峨的珠峰想当初丫丫的那句话,只要珠峰不会老,我们的爱情就不会老。

珠峰老了么?

爱是一场荒凉的微笑 ◎

陆沙本不叫陆沙，她曾经有一个好听的名字——陆爱然，这个名字是母亲给她起的。陆沙的母亲是个不出名的作家，留给了她几本厚厚的作品。在陆沙看来，母亲的小说一点也不比琼瑶阿姨的差，可惜还没来得及发表，母亲就在她出生的当天上了天堂。

我认识陆沙，是因为她通过朋友辗转找到我，想发表她母亲的作品。认识陆沙那一年，她才19岁，在警校上中专。

我认识陆沙的时候，陆沙就叫陆沙了。后来有一次，她来找我，我请她吃饭，聊起了她的名字，她说她其实叫陆爱然。小时候，她很喜欢自己的名字，可13岁那年，她固执地把自己的名字改成了陆沙。后来，她在日记本的扉页上写了这样一句话：从一粒沙中看世界。

陆沙16岁那年，后妈进门，从那天起，她就住进了寡居的姑妈家，只有周末才会被父亲接回家住两天。

陆沙跟我一起吃了很多顿饭，她很执着，凭着对母亲的怀恋，凭着对我这个同样写作、写小说的姐姐的信赖，她一次次找到我。直到后来，我开始喜欢这个小姑娘，把她当成了自己的妹妹，真的是那种一两个月不见就会想念的小妹妹。

姑妈家临海，年少时，每天下学后，陆沙都会光着脚，在空旷无人的沙滩上走上两遭，她喜欢沙粒填满趾缝的感觉，充溢而饱满。有时候，她把自己放倒在沙滩上，摆成一个"大"字，自由自在地呼吸沙地上方的空气。

就是这样一个可爱的陆沙，2013年，坐在了石楠监狱的办公室里。而第一个站在她对面的罪犯，就是刚被关进监狱的大块头。

陆沙其实早就认识大块头。认识大块头的时候，陆沙毕业还不满半年，每日在小城的石板道上走来走去，偶尔会抓到一两个拎包掏兜的小偷，生活和她的眼神一样寂寞渺茫。

那年八月十五，陆沙没有回姑姑家，她不喜欢姑姑的孩子们携家带口热热闹闹挤进家门的样子。陆沙寂寞惯了，于是一个人跑到自己的沙滩上去看月亮。

沙滩已经不再是陆沙小时候的样子，大部分被开发成旅游区，白天熙熙攘攘，晚上留下红色绿色的塑料包装袋来证明白天的喧哗。

那一天，陆沙就坐在一小块绿色的塑料袋上看月亮，突然，一双强劲有力的大手从背后抱住了她。

陆沙的叫喊声被海浪淹没,她瘦小的身子被那双手一点点拖向礁石之后。

本已绝望的陆沙却听见耳边响起一个男人的怒吼。随即,那双大手松开。回头,发现两个纠缠在一起的男人,陆沙一时分不清楚究竟哪个是救自己的人,哪个是想要伤害自己的人。

几分钟后,一个身影逃掉,另一个个头不高却有着宽阔的肩膀的身影向陆沙走来。

陆沙心里有点慌张,整理好衣服。

陆沙这时才发现小腿被礁石划破了,在沙滩上留下了一小滩血迹。

陆沙冲着那个身影说:"谢谢"。

可看清了大块头的面目之后,陆沙多少有点心虚。大块头是他们派出所最头疼的人物。大块头不是超人不是蜘蛛侠,却类似陆沙小时候最喜欢的黑郁金香,在小城里屡屡惹出麻烦却从来都抓他不到,要么是缺少证据,要么就是找不到他人。

陆沙当时自然也动了将大块头缉捕归案的念头,可是那时那刻,陆沙伸不出手。就算是伸出手去,陆沙两只手两只脚也扭不过大块头的一只手。于是,陆沙说过谢谢之后,就匆匆跑掉了。

可没想到,时隔一年,陆沙调到了石楠监狱,竟然又遇到了大块头。

这一次大块头是真的被"缉捕归案"了,谁叫他打伤了小城那位臭名昭著的公子哥呢?

大块头还是一年前那样,一张无所畏惧的面孔,一副宽阔硕大的身板,看见陆沙,嘿嘿一乐,笑得陆沙有点不知所措。陆沙赶紧把被褥和洗漱用品递给了他,直到他走出了自己的视线,才回过神来。

自从一年前那次事故,陆沙几乎再也不会在晚上独自去海滩。她自然也想不到,一年后会和大块头再次相遇。

然而,这一次,陆沙却无法把大块头从脑海里赶走了,她每天都忍不住好奇地猜想,大块头的生活是怎么样的?大块头那天为什么要去海滩?大块头为什么要救自己?大块头,大块头,只要闲下来,陆沙就忍不住想起大块头。

陆沙跟我说过很多次大块头,我以为,大块头不过是陆沙那颇为文艺、颇为理想主义的小心眼里,一个虚拟的情感寄托而已。

陆沙还找到了大块头的档案。

大块头,本名陈东升,本地人,3岁时父亲去世,母亲改嫁,跟随伯父生活到11岁,就成了小城著名的街头混混,靠赌博、打架为生。

作为狱警,陆沙原本应该憎恨大块头,可不知是因为有着相似的童年经历,还是因为被大块头救过一次,陆沙竟然有一点点怜惜大块头。在她和我的很多次聊天中,她都对我说,大块头一定和自己一样,生活在一个缺少爱的世界里。

在又一次见到大块头之后,没过两个星期,陆沙就跟我说,她忍不住去了那片海滩。

不过这次,她随身带了电棍,她只是想一个人走走,大块头的出现,勾起了她对自己青葱岁月的回忆,她禁不住想去那片海滩走走。

陆沙没有考上大学,18岁那年,她在考场上晕倒了,她不知道自己是太紧张还是中暑了,反正就是觉得眼前冒出了可爱的金色星星,然后就什么都不知道了。老师打电话给陆沙的姑妈,姑妈骑着三轮车把她接回了家。回家后,陆沙沉默了好几天,直到有一天,姑妈给她做了她最爱吃的扒虾,她终于开口说,姑妈,我想回学校。然而学校是回不去了,陆沙在家里闷了三个月后,被父亲送进了一所警校。临上火车前,陆沙回了一趟家,拿走了母亲那几本厚厚的作品。那几本厚厚的作品,后来被陆沙送到了我手里。

陆沙爱自己的这身警服,不仅仅是因为,这份工作是父亲在母亲去世后,送给她的最厚重的礼物,还因为母亲的小说里有很多人性尚存的善良罪犯,这让陆沙坚信,这个世界上并没有真正的坏人。所有的罪犯都是被生活所胁迫,被利益所诱惑,蒙蔽了眼睛,闭塞了心灵。

所以,当石楠监狱从各个派出所抽调民警补充狱警队伍时,陆沙报了名,她觉得,做狱警一定比做派出所的户籍警更有意义。

这天,坐在沙滩上,陆沙想起了自己的过往,想起了青葱岁月,最后,思绪又驻足在大块头身上。陆沙总觉得,大块头不是坏人,她甚至天真地想象,自己有一天,能够成为帮助他"改邪归正"的那个人。

然而,就在月牙西沉,陆沙准备起身回家的时候,海滩上突然喧嚣起来,一个身影远远地跑来。陆沙还没看清楚对面的那个人是谁,就听见一个熟悉的声音传来:"站住,再不站住我就开枪了。"

那个声音陆沙是熟悉的,来石楠监狱工作半年多了,大部分同事的声音陆沙都能听出来。

对面那张面孔陆沙竟然也异常熟悉,竟然是大块头!

大块头在陆沙眼前站住了,眼神里有疑虑、惶惑,脚下却蹬出了一个水窝,准备起跑的样子。

陆沙不知道从哪里来的勇气,一把冲上去,抓住大块头的手臂,坚定地说:"你不能跑,我相信你,你不会继续犯罪的。"

随即,陆沙挺起了瘦小的身躯,挡在了大块头和追到眼前的同事之间。

那一天,陆沙保护了大块头,任凭同事大声叫嚷,陆沙还是紧紧抓着大块头的手臂,挡在他和同事之间。

同事最终放下了枪,焦躁地叫嚷:"陆沙,你疯了,要是被监狱长知道,你会被开除的。"

陆沙却昂着头,坚定地回答:"请把他交给我,我能把他带回去!"

而大块头,则一动不动地站在陆沙的身后,任凭陆沙的小手抓着自己的手臂。

陆沙的同事，就站在距离他们几米远的地方，停住了。

后来，陆沙扯着大块头，在海滩上坐了很久。

陆沙一直没有说话，直到大块头终于开口问她："你为什么要保护我？"

陆沙笑着回答："因为我信任你。"

大块头终于说出了越狱的原因，他想念自己的女儿了。

大块头有一个早产的小女儿，小女儿生下来的时候不过三斤多，小女儿的母亲，因为难产上了天堂。大块头一直把小女儿寄养在一个好心的大妈家。平常，大块头每周都会去看女儿一趟。自从他被捕入狱，已经三月有余。大块头思女心切，才想尽办法逃了出来，没想到，还是被狱警发现，追了上来。

大块头最后央求陆沙："你让我走吧，就是死，我也要见到我的女儿，我从小就没了父亲，我不想让她和我一样，失去父亲。"

陆沙低了头，叹了口气，幽幽地说："你随时都可以逃掉，你知道，我抓不住你的。然而，你这一走，你的女儿也许就永远失去了你。"大块头不再说话，低头，沉默不语。

最后，大块头问陆沙："你为什么又到海滩来？"

陆沙笑着问他："你为什么又到海滩来？"

大块头摇摇头，说："以后不要一个人来了，很危险。"

陆沙转过头来，盯着大块头问："一年前，你为什么要救我？"

大块头挺起了胸膛："我是男人！"

陆沙第一次觉得，这个男人很可爱，接着问："男人怎么了？"

"男人有责任！"

"什么责任？"

"拯救世界的责任。"

陆沙笑了，"既然你知道自己有责任，就跟我回去吧！"

陆沙立了功，大块头又回到了监狱里，而且，不是被绑着，而是低着头，跟在陆沙身后，走回了监狱。

此后很多天，陆沙下班后都会到大块头告诉她的一个地址，用手机偷拍一个三岁多的小女孩。然后，上班之后，她有事没事就会到大块头的牢房里去查看下，顺便给大块头看看自己手机里偷拍到的小女孩的一颦一笑。

渐渐地，陆沙在QQ里跟我说，她开始想念大块头，想起他，就会觉得心疼，像心疼一个孩子。

终于，陆沙找到了监狱长，跟监狱长说了大块头的女儿的事情，她觉得，能让大块头安心改造，不再越狱的方法只有一个，那就是让他见到自己的女儿。

当大块头看到陆沙牵着女儿的手，来到监狱探望自己时，内心充满了诧异和惊喜。

后来，陆沙在QQ里跟我说，大块头颤抖着手，抓住了女儿的手，然后流着眼泪对陆沙说谢谢。陆沙心里突突直跳，眼泪也在眼眶里打转。

我对QQ那头的陆沙说，妹妹，你要知道，他是囚犯，你是狱警，就像两列停靠在同一车站的火车，就算能够站在彼此的对面，也永远没有交集。

很多天以后，陆沙再次带大块头的小女儿来看大块头，大块头双手抓着栏杆，毫无征兆地大哭起来。陆沙下意识地把手伸过栏杆，手指穿过大块头的长发，就像穿过柔软的细沙。

几天后，陆沙收到一封信，是大块头写给她的。这封信陆沙念给了我。

大块头在信里这样说，自己杀杀打打快三十年，交往过很多女人，各式各样的，却从来没有遇到过陆沙这样的女人。三十年来，他梦寐以求的，就是一种宁静平和的感觉。自从三岁那年母亲离开他，他就再没有感受过平和的温暖。他的生活里充满了暴力和血腥，虽然他一直在坚持正义，把自己标榜成一个杀富济贫、除暴安良的侠士，然而这样的生活太冰冷也太孤单。没有一个人会安静地陪他说会儿话，更没有一个女人会像陆沙一样，单纯坚定地信任他，甚至不惜牺牲自己，保护他。

大块头在信的最后说，他突然觉得，自己的自信、自己的成就全都是无谓的，抵不过陆沙最简单最单纯的信任；而自己这些年打打杀杀拼下的天下也不过是一场幻影，哪个兄弟肯像陆沙一样，挡在自己和警察之间，肯像陆沙一样，领着女儿走到自己的面前。

两个月后，大块头转狱到平西监狱。出发前，他递给陆沙一封信，在信里，供出了自己的"宝库"。

陆沙和其他几个狱警，从大块头的"宝库"里，找到了很多贵重物品，包括项链、金条、珠宝玉器和各种贵重物品，还有一张信用卡，信用卡上有一笔存款。大块头跟陆沙说，那是自己给女儿存的嫁妆。后来，陆沙给大块头回了信，说："你放心，我会照顾你的女儿的，我知道，你会相信我。"

三年后，大块头陈东升因表现良好，提前出狱。

陈东升出狱后不久，平西监狱寄来一封表扬信，表扬陆沙对犯人陈东升持续的教育改造。石楠监狱的监狱长要给陆沙立三等功，却被陆沙拒绝了。陆沙笑着递给监狱长一张请柬，上面赫然写着：陈东升先生和陆爱然小姐，于2005年5月19日举行婚礼。监狱长和同事瞬间愕然，继而拍手鼓掌。

陆沙当然也把请柬发给了我，她说，她和大块头已经商量好了，他们给陆沙在派出所的同事、在石楠监狱的同事、大块头的兄弟们，还有陆沙的姑妈、父亲和后妈都发去了婚礼的请柬。陆沙向所有的人宣布，陆沙小姐重新更名陆爱然，即将在5月19日那天，成为大块头陈东升的妻子。

陆沙还幸福地跟我憧憬着5月19日那天，举办一个盛大的婚礼。

陆沙打算，就把婚礼设在那片海滩上，大块头的兄弟们将在海滩上点燃十九挂一万响的鞭炮。陆沙还说，那些炮声一定会激起阵阵洁白的浪花，响彻整个城市。而且陆沙还告诉我一个小秘密，那就是大块头出狱这段时间，已经劝说很多兄弟们改邪归正，大块头准备筹办一家矿泉水厂。大块头还准备在婚礼上带头给所有的来宾分发矿泉水,那是他的水厂生产的"爱然矿泉水"。

最重要的,陆沙准备在婚礼那天,正式叫回自己的名字:陆爱然。

然而,人生总是一出悲喜交织的戏,幸福的背后隐藏着莫测的悲哀。

就在5月9日那天,陆沙和大块头说好了晚上在沙滩见面,商定第二天去购买新房的床上用品。

晚上,陆沙独自一个人在沙滩上坐了很久很久,想象中,她平生第一次拥有了属于自己的家。虽然是租来的房子,但那个家充满了温暖和甜蜜,陆沙再也不会感到孤独,感到无助。陆沙明天要选粉红色的床单,那曾经是陆沙一直不敢触碰的明快,她一定要走出灰暗的世界,把一切都换成靓丽的颜色。她还要给大块头的女儿买一条粉红色的蓬蓬裙,让她在自己的婚礼上穿。

这样想着等着,时针就指到了12点钟,陆沙突然心头一阵恐慌,仿佛有人在她的心上扎了一刀,一种清晰的疼痛弥漫开来。

大块头呢?他怎么还没有来?

陆沙终究还是没有能够实现自己的梦想,也许人生总难圆满。在她的心口疼了三个小时后,她接到了自己的老领导,派出所所长的电话,他叫陆沙赶紧到平安医院来,言语里有着焦灼和不安。只有一句话陆沙清晰地刻在了脑海里,那就是"陈东升出事了"。

坐在出租车里,陆沙的心先是一阵恐慌地跳动,紧接着,她莫名地想起了第一次和大块头在沙滩上偶遇时，自己被礁石划破了腿，留在沙滩上的血迹。

几天后，陆沙给我打电话，语气低沉得仿佛沉睡了千年的石头人，她对我说："大块头，死了！"

大块头是在去海滩的路上，被几个二十出头的小伙子捅死的。

那几个小伙子，在海滩和乡村的偏僻交界处的树林里，轮奸一个小女孩。小女孩呜咽的叫声穿透了夜空，引起了大块头的注意。

大块头循声而去，最终，他打跑了那几个小伙子，自己却因为失血过多，被送到医院没多久，就停止了心跳。

因为大块头有前科，所以，尽管陆沙再三提出申请，也没给大块头陈东升争取到见义勇为好市民奖，没为大块头的女儿争取到奖金。

不过陆沙已经很知足了，因为派出所的民警们、石楠监狱的同事们和平西监狱的同事们，给她和陈东升的小女儿捐了一些钱，这样陆沙觉得心里温暖多了。

然而5月19日那天，陆沙还是举行了婚礼，她只请了几个人参加她的婚礼，有陆沙的姑妈、陆沙的爸爸、石楠监狱的监狱长、大块头的女儿和我。婚礼还是在那片沙滩上，新娘是陆沙，新郎是大块头的骨灰盒。

此后，陆沙沉寂了很久，她不知道命运为什么要这样捉弄她，她只知道，5月9日那个夜晚之前，即将成为她的爱人的大块头还是一个鲜活的生命，还在和她一起憧憬幸福的未来。而那一晚之后，他却长眠于地下,用鲜血和生命,送给了陆沙一份值得为之骄傲一生的礼物,也送给了陆沙一生的孤单。

5月19日的夜晚,陆沙在沙滩上独自坐了一夜。我坐在她头顶的礁石上,安静地陪了她一夜。

自从5月9日大块头出事以后,警方为保卫这片海滩的安宁,派出了24小时的巡逻员。

可大块头呢?

一直到很多天后,陆沙才终于哭了出来,她反反复复说着:"大块头,你太自私,太自私!你奋不顾身冲上前的时候,你有没有想过我?你走了,我去哪儿找一个可以依靠可以去爱的人?去哪儿找一个温暖的家?"后来,陆沙不哭了,她对我说,九泉之下,大块头一定不愿看见自己哭。他其实和当年的自己一样,信任这个世界,信任正义和善良。

爱是一场荒凉的微笑。

5月19日那天凌晨,陆沙在沙滩上写下"陈东升 陆爱然"六个字,然后画了一个大大的心,圈住了这两个名字。

那天,离开海滩的时候,陆沙对我说:"大块头会来的,他一定会看到,退潮的时候,海浪会把这场婚礼永久地留存在大海深处。"

月迷津渡无归路 ◎

下面这个故事,与其说是故事,不如说是个短篇小说,题材来源于律师朋友的讲述,当然,故事就是故事,和现实略有区别,但是这并不妨碍我将这个故事呈现给大家。

当然,故事里的"我",必然不是我。

11月4日,阳光明媚,虽然刚刚下过2009年的第一场雪,空气中到处弥漫着萧瑟的冷气,可天空却万里无云。我擎着一束花,走进东陵公墓,这个公墓的名字起得很有点帝王味道,埋在这里的人,也多多少少都有些社会地位,例如我的前夫于忠良。从一年前他因意外车祸离开我到现在,还没有后来者代替他的位置,但还是应该称他为我的前夫,虽然他已经驾鹤西游了。于忠良是这个省会城市最著名的儒商,死前经营着垄断全省的图书事业。

我怀着无比的沉痛走向忠良的墓碑，把花束摆在了墓碑的正前方，心中无比怅然。悲伤了很久，我终于起身，抬头四顾，不远处，也有一个祭奠者，一个男人，穿件灰色的风衣，矗立在一座墓碑前，正如我一样环顾四周，清秀的面庞写满忧伤。我的内心徒然就生出了同病相怜的情感，想象中，他如我一样丧失了曾经最爱的人，四目对视之时，便向他点头苦笑了一下，他回了一个凄楚的笑容。

出了东陵公墓，天近中午，我在公墓旁边的一家小饭馆坐了下来，既非清明，这里便冷清得很，屋顶的积雪还未化完，融化的雪水滴滴答答地从房檐上滴落，平添了几分凄凉。阳光下走进来一个男人，正是刚才在公墓里见到的那个，他看见我，点点头，坐在了斜对面的桌子上。这个小饭馆很小，只有四张桌子，我和他之间的距离也很小，可以隔桌对话的那种。

我要了一个口杯。我不想买醉，我是千杯不醉的坯子，别说一个口杯，就是一两斤二锅头，也放不倒我，这不是练出来的，是天生的。结婚五年里，有两次和忠良生气，他赌气去上班后，我实在无法排解内心的苦闷，就在家里自己灌自己，却发现怎么灌都灌不醉，这个秘密，连忠良都不知道。今天，寒冷和悲伤激起了我对酒的欲望，一个口杯，暖暖身子而已。对面的那个男人，竟然也要了一个口杯，想必也心如我想吧。我们就各自喝着，思忖着不远处公墓里那个曾经鲜活的生命。

不想那个男人的酒量真是不好，三分之一的酒刚入肚，他的脸颊就猴屁股一样红了起来，他开始伏在桌子上哭，想必是酒入愁肠。我同情地看了他一眼，他仿佛从我的目光中看到了温暖，隔着桌子诉说了起来。

他给我讲了一个故事。

他和他的妻子结婚三年了，非常相爱，一年前的一个雨夜，天气异常寒冷，她已经出差快一个月了，打电话回来说今天回来。他买了好多她喜欢吃的菜，然后发了一个短信给她，叮嘱她注意安全，打车回家，然后就兴高采烈地在厨房里忙碌起来。可他的饭还没有做好，手机就响了起来，交警队事故科打来的电话，说她乘坐的出租车发生了车祸，车毁人亡。

他是哭着讲完这个故事的，醉酒的他说得断断续续，混乱不堪，最后他哭着叫嚷："警察跟我说，她已经有了两个来月的身孕了，她一定是要回来告诉我这个好消息的，没想到……"他趴在桌上号啕大哭。我请服务生给他端了杯茶水，感叹那个雨夜，灾祸连绵。

数天后，我和东陵公墓遇到的那个男人又碰面了，原因很简单，东山市将东陵公墓所在的东陵区规划为开发区，不仅要建高楼大厦，还计划把市政府搬到东陵区来，于是东陵公墓要迁墓。这是百年不遇的事情，却偏偏让我们赶上了，可怜那些未寒的尸骨。因为有了上一次的相遇，我们熟悉了很多，他看见我第一句话就是，"上次不好意思啊，连饭钱都让你付了，我那天喝多了"。我苦笑着冲他摇摇头，说一点小事，不必上心。

在东陵公墓办完手续，我和那个男人又坐到了那家小饭馆里，这次，我们坐到了一张桌子上，他又要了一个口杯，我没要，我怕他又喝多，打算和他分享一个口杯。可还是没喝到几口，他又开始哭，然后又一次讲起了自己的故事。

还是那些话语，只是最后，我打断了他的哭泣，我说，我给你讲一个故事吧。

有一对夫妻，感情一直很好。一年前的那个深秋，丈夫正在香港出差，妻子打电话说，明天是我们结婚五周年的纪念日，我好希望你回来一起庆祝。为了祝贺五年来磐石般稳固的爱情，丈夫答应妻子，一定从香港赶回来。就是第二天晚上，狂风大作，电闪雷鸣，丈夫在从机场回家的路上遭遇了车祸，他的车在雨夜里被后面疾驰而来的出租车追尾，最终被撞出了高架桥的护栏，车毁人亡。而那个妻子，就是我。

我的故事讲完，对面的男人抹了抹眼泪，满脸歉意地对我说："抱歉，我只想到了我自己的悲伤，没有想到你也一样难过。"我说没事。那一天，他留下了他的名片，要走了我的电话号码，约我迁墓的时候一起来。

我在东陵公墓遇到的这个男人姓陈名炯，在大宇航空公司做培训讲师，忘了介绍我自己，胡晓雨，曾经是全职太太，前夫过世后在仁善堂做义工，吃斋念佛。

迁墓的日子还没有到，陈炯就给我打电话了，他的语气有点低沉，说这段时间一直心情不好，想约我明天一起去东陵公墓看看。我迟疑了一下,同意了。前夫去世后,我一直恪守妇道,虽然有不少亲友有意帮我张罗新的情感,也有不少男人贪念我是富有的寡妇向我示爱,可一年来,我却从未和任何男人单独约会过。大家都知道,忠良的离去对我的打击太大了,他走时,也未能给我留下生命的种子,从此我便无依无靠,心灰意冷,只热衷于佛事了。

虽然是深秋,可今年的雪来得特别早,所以,空气中已经弥漫了冬的萧索。陈炯其实不善言谈,我们从忠良的墓碑踱到他妻子的墓碑,又踱回来,来来回回三次,他都凝神沉思,没有一句话。最后,我提议去那个小饭馆坐坐,暖和暖和。直到坐定,照例摆上小菜和口杯,喝了几口,他才开口说话。

他说,我给你讲个故事吧。

从前,有一对夫妻,非常相爱,一年前的一个雨夜,天气异常寒冷,她已经出差快一个月了,打电话回来说今天回来。他买了好多她喜欢吃的菜,然后发了一个短信给她,叮嘱她注意安全,打车回家,然后,就兴高采烈地在厨房里忙碌起来。可他的饭还没有做好,手机就响了起来,交警队事故科打来的电话,说她乘坐的出租车和前面一辆突然停车的私家车追尾,车毁人亡。她死的时候,肚子里的孩子才两个月。

这一次,他没有号啕大哭,红了眼睛瞪着我,大声叫嚷起来:"那个突然停车的人就是你的丈夫!是他害死了我的老婆和孩子!都怪你,非要他在雨夜赶回家,否则是不会有这场灾祸的!"说完,他又一次哭了起来。

我轻蔑地看了他一眼，给他讲了另一个故事。

有一对夫妻，感情一直很好，结婚五年来，妻子一直在家安分守己地做主妇。一年前那个深秋的下午，丈夫去香港出差回来，正好那天是两个人结婚五周年的纪念日，妻子想顺便到机场的免税商店去买点东西，就提前了两个小时到机场去接丈夫。没想到刚进机场大厅，就看到丈夫和一个女子搂抱着往外走，那个女子还旁若无人地在丈夫的脸上亲了一口，气愤的妻子转身就走。丈夫看到妻子，就追了过来。后来，妻子开车在前面跑，丈夫的车在后面追，而那个和丈夫一起在机场大厅亲昵的女子，则打了出租车在丈夫的车后追赶。愤怒之极的妻子想在拐弯之后下车跟丈夫理论，于是转过弯道便刹了车。紧随其后的丈夫就在弯道前紧急刹车，而丈夫车后的那辆出租车却因为刹车不佳，撞在了丈夫的车上。

陈炯渐渐地不哭了，眼睛一眨不眨地盯着我，半晌没有说话，最后他咽下了一大口酒，狠狠地看着我说："你撒谎。"

我说："也许，是你在撒谎呢？"

迁墓的时候我没有去，忠良的几个亲戚去的，他们知道我过于伤心，患上了严重的抑郁症，还特意到仁善堂去看了我两次。东陵公墓也没有为难我，因为我给公墓捐了一笔钱，还特意把忠良的墓安置在了风水最好的山坡上。

只是陈炯，在迁墓的当天晚上，打电话约我见面。

地点是我选的,叫作"雨良居",这是忠良去世后,我为了纪念他建立的一个小型慈善会所,名字用的就是我和忠良姓名的最后一个字。

还是老习惯,小菜、口杯,只是这一次,我端来了很多个口杯,开场白是:"今天,我陪你一醉方休。"

陈炯,又一次在喝了几口酒之后开始讲一个故事。

有一对夫妻,丈夫经常出差在外,妻子就和家里的司机发生了奸情。一年前的深秋,为了和妻子共同庆祝结婚五周年纪念日,丈夫提前订好了机票,和妻子说好,让司机开车来机场接他回家。听说丈夫要回来,司机和妻子紧张不已,为了能够名正言顺地生活在一起,两个人动了杀机,商定制造雨夜车祸,杀害丈夫。

"那么车祸的对方呢?又怎么解释?"我缓缓地问陈炯。

陈炯情绪激动,大声喊起来:"对方?我老婆乘坐的出租车,不过是正好路过,就成了你们的一个活靶子,替罪羊!"

我笑了,把自己面前刚开的一口杯一饮而尽,然后,轻启朱唇,开始讲另一个故事。

有一对夫妻,结婚好几年了还没有孩子,妻子做了这样那样一堆检查,什么问题都没有,便要丈夫去做检查,可丈夫总以这样那样的理由推托。三年后的一天,丈夫突然在妻子的背包里发现了一张医院的早孕检查报告,报告赫然地向他宣布,自己的妻子,怀孕了。于是,他开始怀疑妻子,跟踪妻子,因为,早在结婚之前他就知道,自己不能够生儿育女。直到有一天,他终于探明了妻子的情人是谁，并且利用自己的工作之便，得知妻子的情人将在当天晚上乘坐某次班机回到这座城市，就设计了一个阴谋。他在某次班机即将抵达之前，打电话给妻子，谎称有份重要的培训资料落在家里了，请自己的妻子送到机场来。然后，雇用机场里自己最熟悉的那名出租车司机，请他在妻子来之后，送妻子回去，并且许诺给司机数万元报酬，目的只有一个，那就是让出租车跟上妻子情人的私家车，并且在行驶到高架桥之前，让妻子看到前面的车牌号和车上的情人。丈夫知道，妻子是个急性子的人，只要看见了，就一定会打电话给自己的情人，让情人停车，并让出租车司机追上去。这个时候，只要出租车司机佯装刹车不灵，车祸就发生了。

陈炯的脸红了，酒精的温度让他热了起来，他喝掉了第五个口杯，甩掉了外套。然后眼睛一眨不眨地盯着我问："你凭什么生造故事？"我幽幽地笑了，就凭那场车祸，只有那名出租车司机幸免于难，而他在这件事后，还掉了一大笔赌债。

陈炯有了醉意，神色有几分暧昧，还有几分恐惧，更有几分威胁，他轻轻地走到我的身后，手，沉沉地压在了我的肩膀上。因为酒喝得多了，所以声音有点沙哑，他说："也许，还有的情节你忘掉了。"

我问："什么情节？"

他的手渐渐抓紧，语气急促起来。

"其实，在一年前的那天下午，在某次班机到来之前，做航空公司培训讲师的丈夫就和妻子的情人的老婆见了面。然后,情人的老婆给自家的司机打了个电话,威胁他说,如果不帮自己办好这件事,就再也不给他钱买白粉。做培训师的丈夫则给自己熟识的出租车司机打了个电话,说如果办好了这件事,就替他还所有的赌债。"

我用力甩掉他放在我肩头的手,一字一顿地说:"也许,我们都错了。"

他神情愕然地看着我,我给自己打开了自己的第十二个口杯,给他打开了他的第十个口杯。

我双手合十,闭上眼睛低声叙述。

那天,坐某次班机回城的丈夫在登机前,给自家的司机打了个电话,对他说:"那笔钱,我已经打到你的银行卡里了,这件事情,你一定要办得利索"。而在此时,他的情人,也就是航空公司培训师的妻子,也正在给自己熟识的一个出租车司机打电话:"一定要给他点颜色看看,他不要我可以,不能不要这个孩子,一点分手费就想打发我,没门!你放心,钱少不了你的,我先从分手费里给你拿两万。"

陈炯的脸色渐渐发白,看得出来,他快晕过去了,过多的酒让他舌头开始打结。

他神色凄厉,结结巴巴地说:"胡晓雨,你究竟是谁?一年前背着老公和我在一起的究竟是不是你?这到底是怎么回事?"

怎么回事?我也不知道怎么回事。

我只知道，第二天，我市报纸的民生版出现了这样一条新闻，总共不过两行字，"昨夜，一男子在雨良居饮酒过度，送至医院，经抢救无效，已于今天凌晨死亡。元旦将至，请广大市民注意适度饮酒"。

初心不改，
各安天涯

Part 3

七月七日，晴 ◎

我不喜欢看手机，我喜欢看人。

我不喜欢坐出租车，我喜欢坐地铁，或者走路。

如果有可能，我希望一直坐在地铁里，或者一直走在路上，每一张面孔，每一声言语，都是一个世界。

每一个世界，都是喜剧；每一个世界，都是悲剧；每一个世界，都藏着真相。

地铁车厢里，那个穿着蓝白条纹的大叔；那个不断爆发出欢笑的少女；那个扎着马尾辫，书包上挂着棕色毛绒小熊的"乖乖女"；那个对着电话不停地追问"我跟供应组说，今天的采购是华润，不是华宏，采购清单上为什么写着华宏"的衬衫男；那个将自己瘫在座位上，恨不得把手机放在肚皮上看的胖男人；那个拉着孩子，穿着格子外套的阿姨;那个连接孩子下学都踩了钉跟鞋、穿了旗袍、盘了头发的奶奶;那个穿着破洞的露着膝盖的牛仔裤,盖着屁股的T恤,以及肥大的短外套,叉着腿站在那里,对着手机说"我介绍你去京剧芭蕾呗,一个人500"的少女;还有,那个沉默地坐在角落里、死死盯着手机从不抬头的少年。

马路上,那个手臂上纹了龙的男人;那个冲孩子大呼小叫的母亲;那个边走边看手机、面带微笑的清瘦男;那个眼窝发青、眼神孤寂的女子……

我喜欢,端详每一个人,宛如,我是一个旁观者,生活的旁观者,世界的旁观者。

每一个人,都是真的;每一个人,又都是假的。或者,因为我们都在不同的人生背景里穿梭。所以,连我们自己都分不清楚,哪一个我是真的,哪一个我是假的。每个人看似都是毫无关联,各自独立的,然而,说不定在某一个节点,那些完全不相干的面孔,就有了奇妙的交集。

人生没有真相,人生只有当下。

好了,唠叨了这么多,故事该开始了。

这一次,就当我真的是旁观者,就当我是那无形的摄像机,跟随在那个沉默地坐在角落里、死死盯着手机从不抬头的少年身后,走出地铁,穿过人流,走向那高楼大厦中间、残留的那片尚未拆迁的破旧楼房,去看一看,那少年的世界,那少年的人生,以及那少年的未来。

那少年名字叫"肚子痛",哦,不,是"杜子童",抱歉,多少年来,我已经习惯,将他唤作肚子痛。

不废话,让我们跟着摄像机,先看看杜子童的家。

破旧的老楼上,依稀还能看到几个粉刷的白字:砖厂中街15号。杜子童家在四楼,他走进没有电梯、斑驳的楼道里,看见何良正从上面走下来。

何良是这个小区的名人,在这个大家都住了十几年甚至几十年的小区里,何良是唯一一个能够从报纸上读到的名字,虽然,他不过是末流画家,虽然他混迹其中的圈子不过是圆明园画家村,但是,他总算给这个老砖厂小区里的老头老太太们提供了茶余饭后最大的谈资。

杜子童没有和何良打招呼,侧身而过。

推开家门的时候,屋里依旧没有人,他知道,父亲一定在楼顶喂鸽子,自从砖厂的地被卖给开发商,砖厂关张大吉之后,鸽子就成了失业的父亲唯一的慰藉。母亲必然会在午后回来,然后倒头大睡,到了晚上10点,出门去耍牌,父亲的那点遣散费,早就被她输得差不多了。

杜子童走进厨房,一边给自己做饭,一边瞎琢磨,这片老楼到底啥时候拆迁。他好希望明天就会拆,后天就能够拿到拆迁费,因为后天,就是乔小娜的毕业典礼。

乔小娜,就是那个穿着露出膝盖的破洞牛仔裤、套着盖着屁股的T恤,披着肥大的短外套,叉着腿,站在地铁车厢里,对着手机说"我介绍你去京剧芭蕾呗,一个人500"的少女。

在地铁里,杜子童非常仔细地听着乔小娜的每一句话,尽管她似乎根本就没有注意到他。

杜子童是认识乔小娜的,她的父亲是杜子童所在汽修厂的顾客,每次去做汽车保养,乔小娜的父亲都钦点杜子童,说小杜做得认真仔细。乔小娜时常跟父亲一起去,有两回还开了杜子童的玩笑。一次,顽皮地用洗车的高压水枪对准了杜子童工装屁股上那磨破的小洞;还有一次,把泡沫清洁剂喷了杜子童满头,看杜子童被戏弄,工友们都开心地起哄。

没有人知道,杜子童喜欢乔小娜,在这个少年的心里,肆无忌惮、恣意张扬的乔小娜,就是女神。杜子童当然知道,以自己的学历和家境,完全不可能获得乔小娜的关注,更别提芳心,但是,他无法克制自己内心的萌动和澎湃。当他在地铁里偶遇乔小娜,听她用那银铃般的声音对手机的那一头说,后天是自己毕业典礼的时候,就萌生了送她一份大礼的念头。

接下来,让我们转换镜头,去看看两天后的乔小娜。

乔小娜的父亲52岁才有了她,对这个独生女,可谓百依百顺,这不,今天是7月7号,一大早,乔小娜就打扮得漂漂亮亮,去参加毕业典礼了。父亲乔路开车送她去学校,乔小娜刚上车,父亲就问她:"宝贝,毕业典礼结束后给我打电话,我带你去开心,要去哪儿玩,美酒美食任你享用。"

乔小娜撇撇嘴,说:"没品位。"

路过学校附近的修理厂，杜子童正拿着高压水枪，站在一辆车前，见这父女俩路过，冲他们挥挥手。乔小娜撇撇嘴，扭过头来。

乔路从后视镜看到女儿的表情，朝窗外扫了一眼，说："这小子好像对你有意，每次从这里过，他都会冲你招手！"

乔小娜撇撇嘴，说道："他？"

父亲边开车，边饶有兴趣地问："哦？谁让你老戏弄人家，撩拨人家？"

乔小娜皱着眉头，不满地说："爸爸，我爱吃鸽子，不一定就要嫁给养鸽子的吧？"

乔路摇摇头，岔开话题："为什么不让我和你妈去参加你的毕业典礼？"

乔小娜耸了耸肩："你不觉得那样做很幼稚吗？"

毕业典礼非常隆重，可乔小娜心不在焉，集体照刚照完，她就脱掉学士服，悄悄走掉。她出了校门，走进学校后面的商业街，进了一家钟表店，刷卡买了一块卡地亚手表。然后七扭八拐，最后，走进了商业街尽头的一所小画廊。

小画廊里挂满了各种各样后现代派的另类画作，有国画，有油画。在满目的画作之中，站着一个清瘦的男子，二十七八岁模样，留着披肩长发，穿着中式大褂。

乔小娜蹑手蹑脚地走到这男子背后，然后猛地一把捂住他的眼睛。男子的身子抖了一下，然后平静地说："小娜，松手吧，这种游戏你做过上百次了，不新鲜了。"

乔小娜泄气地叹了口气，松开了手，站在了男子面前，悻悻地问："我今天毕业典礼，你不庆祝我一下？"

男子微笑了一下，说："小公主，庆祝你的人有那么多，你又何必在乎多我一个呢？"

乔小娜无奈地咬了咬下嘴唇，叹了口气："何良，你知道的，在我心里，你是最重要的，就算全世界我都可以放弃，你却是我永远不能放弃的那个人！"

男子又一次微笑，说道："小娜，我说了，爱你的人那么多，不在乎多我一个，少我一个。咱们分手吧！"

乔小娜愣住了，半晌才说出一句话："你要在我毕业典礼这天跟我说分手？"

何良微微一笑，说："小娜，从一开始，我就跟你说我不爱你，你不是我喜欢的类型，始终不是，现在你毕业了，该开始自己的新生活了，小娜，忘了我吧。"

乔小娜的眼神慌张起来，声音有些发颤："不，不，何良，你在说假话，你是爱我的，如果说开始的时候你不爱我，可后来你爱上我了，你的确是爱上我了，要不，你怎么会和我在一起？"

何良摇了摇头，叹了口气："小娜，如果说我有那么一点喜欢你，也只有在你生病的时候，在你喝醉的时候。你清醒的时候，太张扬，太任性，太放肆，对我来说，你只是生命中一个过客，你驻足越久，我就越觉得你妨碍了我的生活。"

就在此时，背对着何良和乔小娜的沙发发出了咯吱的响声，乔小娜愣住了，绕过去一看，一个浓妆艳抹、一头金色卷发的女人，裹着何良的大衬衣，从沙发里坐起来。

乔小娜痛苦地尖叫，终于，她捂住脸，冲出了画廊。

她在马路上飞跑，突然扭了脚。她的世界已经倒塌，只有一个人跑过来，扶住了自己。

那个人，就是杜子童。

杜子童在乔小娜的学校门前等了很久，他特意跟汽修厂的老板请了假，就是为了在乔小娜的毕业典礼后，送她一份特殊的礼物。

可惜，她始终没有看到他，而他，也始终没有勇气，喊她一声。于是，杜子童就跟着乔小娜，一直跟着，直到她摔倒的那一刻。

等乔小娜回过神来，发现自己被杜子童搀扶着，却狠狠地冲他叫嚷起来："你滚开！"说完，乔小娜站起身，冲向路对面的咖啡馆。手表从乔小娜怀中掉落，杜子童捡了起来，慌乱中揣进了自己的口袋里。

乔小娜冲进咖啡馆，杜子童紧随其后。

乔小娜对咖啡馆的男老板说："甄娘娘，车借我用用。"

这被乔小娜唤作娘娘的男人，带着耳环，留着披肩发，涂着艳红的指甲油。

甄娘娘没有回答乔小娜，却看向乔小娜身后："哎哟，哪阵风把杜小弟给吹来了？"

乔小娜从吧台上抓过一个啤酒杯，掷向甄老板："甄娘娘！

我说话你没听见啊！让你别打他的主意，四年前的耳光忘了吧？"

甄老板脸一红，赶紧转脸对乔小娜说："好好，小娜，你要借车去哪儿？"他边说边掏钥匙。

乔小娜夺过钥匙，头也不回地说："跳海！"

甄娘娘跟了上来，"跳海！新项目，不错不错，刺激，我也去！"

很多年后，少年杜子童对我说，那一天，乔小娜开着甄娘娘的敞篷车，甄娘娘坐在后排，他坐在副驾驶座上。

当车开过何良的画廊门前，何良正开车载着那金发女郎从对面驶来。

乔小娜再也无法控制满腔的怒火，冲着何良的车冲了过去，甄娘娘的尖叫声响起，杜子童紧张地扑向方向盘，拼命地向左打方向。

车头猛然向左转，而车头的右侧，则结结实实地撞在了何良的车上。

乔小娜感到一阵猛烈的震荡，随即看见火光，然后就失去了意识。

那场车祸中，受伤最重的，不是乔小娜，也不是何良，更不是少年杜子童，而是甄娘娘，他断了一只胳膊。

只是乔小娜赖在病床上，没了魂一般。

乔路狠狠地骂了甄娘娘一顿，杜子童这才知道，原来，甄娘娘的酒吧是乔路的，他是乔路的私生子，也就是乔小娜同父异母的哥哥。

乔路请了最好的医生给女儿，医生说，心病还须心药医。

整整半年，乔小娜赖在医院里，整个人都废掉了，不说话，不睡觉，不吃饭，不哭，不笑，不闹，排斥所有人，包括杜子童。

杜子童特别怀念当初那个张扬放肆的少女，那个喜欢恶作剧的乔小娜。在他出院那天，他将乔小娜的手表还给了她。精致的表盒里，还放了另一块寒酸的手表。那是他花了两天时间，没日没夜做出来的一份礼物，碰巧也是一块手表，不过，是一块最普通的时装表而已。

这半年，杜子童每周去看乔小娜两次，跟她说话，给她唱歌，喂她吃饭。

终于有一天，乔小娜对杜子童说："杜子童，我想不明白；杜子童，我不相信这一切是真的。"

乔小娜从枕头下面摸出那个盒子，打开来。

她惊讶地发现，还有一块手表，塑料的不透明的表盘，卡通的图案，没有指针，没有电子显示。这是神马东东？

她拿出来，好奇地按了按，竟然发现，表盘里面会亮，亮出了一颗红色的心。她好奇，又按了一下，出现了一个字，"如"；她又按，又出现一个字"果"；她接着按……

杜子童在一旁局促不安，他没有想到，时隔半年，乔小娜才发现这块手表的秘密，他暗自感谢自己半年前组装这块手表时，用了最好的纽扣电池。

最终，手表出现了一个又一个字，虽然每次按动，都是一个字，但最终组成了一句话,那就是"如果全世界我都可以放弃,只有你值得我去珍惜"。

乔小娜突然想起半年前,七月七日那天,自己对何良说的那句话,将手表狠狠地扔在地上,终于,失声痛哭起来。

这一天,是乔小娜的重生日,她终于又一次站了起来,虽然再也没有了少女乔小娜的张狂和恣意,但她终于恢复了生机。

她对杜子童说,她要报复,报复何良。

然而杜子童却对她说,没有必要,真的没有必要了,因为何良,出国了。

杜子童没有告诉乔小娜,就在几天前,何良和马克思喝咖啡去了。

事实上,杜子童又何尝没有恨过何良,在乔小娜赖在医院的这半年里,他无数次找过何良,他追问他为什么,追问他的良心何在,何良从来都不回答。让杜子童奇怪的是,那个金发女郎,并没有出现在砖厂中街15号的院子里,老头老太太们的谈资里,也没有丝毫有关何良女朋友的话题。

一直到两个月前,何良的一头长发突然变成了光头,杜子童才从楼下大妈的嘴里得知,何良是胆囊癌晚期,正在化疗中。

杜子童,突然明白了什么。

那一天,杜子童从楼上抓了两只鸽子,炖了,给何良送了去。

瘦得不成人形的何良问他:"小娜还在医院里么?"

杜子童点头。

何良叹了口气,摆摆手:"多谢小兄弟,我吃不了了,你给小娜送去吧。告诉她,我出国了。"

杜子童颤抖着问何良:"你为什么要演戏?"

何良背过身去,幽幽地说:"人生如戏。"

后来……

没有后来,乔小娜不会爱上杜子童,他们不是一个世界的人,就算有交集,也仅仅是擦肩而过,留在彼此生命里的,是那份属于各自的回忆,或温暖,或沧桑,或感慨。

少年杜子童,后来住进了七楼,成为《七楼的麻雀》里的老五,他秉承了自己沉默寡言的风格,成为我们最小的兄弟。他做记者,写故事,却从未写过自己。当我问他要故事的时候,他给我讲了乔小娜、何良、甄娘娘和自己。

事实上,我和诸位读者一样,特别希望听到后来,后来乔小娜怎样了?如今乔小娜怎样了?

可是,真的没有后来,如同人生没有真相。

在这篇文章结束的时候,我给老五发微信,说你的故事结尾了,你想让我写点什么吗?他发了一首不知从哪儿抄来的诗给我,谨以此作为结尾。

时间的瀑布逆流而上,
蒲公英的种子从远处飘回,
汇聚成伞的模样。

太阳从西边升起,东边落下,
子弹退回枪膛,
一切回到起点,
故事就要开始,
你,还在我的身旁。

四十米铁塔下的爱情　◎

这是朋友的朋友的故事,请允许我用第三人称来讲述这个故事,这不是一个爱情故事,只是和爱情貌似有关。

研究生毕业后,许替男在一家建筑公司上班。

公司在26楼。那半个月,她每天都与一个西装革履的男孩碰面。男孩短短的头发,近一米八的个头,二十出头的模样,虽青葱稚嫩,却没有张扬之气,倒显得温润内敛,有些不符年龄的从容。

许替男是个准时的人,总是踩着点踏入公司大门。所以,总是她独自乘电梯。那天,他却刚好闯入了她的世界。

他不急不缓地按了一下,电梯门缓缓打开。门开了,他却眼睛闪亮地站在外面,朝里面看了看。十秒后,他走了进来。他的手上下划了一遍,最后按了16楼。

"真磨蹭！"许替男暗自埋怨。她站在他的后面，随意打量着他。太成熟的西装，真年轻的身板。他的右手戴了一串彩贝，老旧老旧的色泽。

许替男不自觉想到了父亲。十岁那年，母亲的前夫、她的父亲曾带她们去海边。那么小的人儿，已有仇恨心。她躲在老远的沙滩上捡贝壳，只想远离他。回去时，她们往北，父亲往南。上火车前，父亲把一串彩贝套在她的手腕上，说："爸爸替月月捡了好多彩贝……"她径直走进车厢。后来，等她渐渐懂了人事，母亲再哭时，她会体贴地擦掉那些眼泪，说："以后，我叫许替男，跟妈妈姓，做一个可以为妈妈扛事的儿子……"

电梯开了，男孩到了。他走出电梯，在门关上的一刹那，居然回过了头。只是，许替男没看见，她一直低垂着眼，默默地伤心，不再是那副天不怕地不怕的狠劲。

后来，她总能遇见他。他的眸子仍然闪亮，他会迅速进入电梯，迅速按下"16"，仿佛知道她不能多耽搁一秒。见得次数多了，他们也会相视一笑。

不知为何，见到这个年轻男孩，徐替男居然总会想起父亲，那个温暾的男人：同样身板挺直，走路稳健，不拖沓，不匆忙……但她居然不讨厌他，虽然她是那么讨厌父亲。

父亲，她已经记不清他的脸了。自从改了名字，她再也没有见过他。因为她告诉母亲："我们再也不要见他了，我一样可以照顾你。"母亲笑了，又哭了，可她却什么话也不说。关于父亲，都是在外婆那听说的。在她出生后，父亲就离开了，后又迎娶新人，生了一个女儿。外婆说得咬牙切齿："八成在外面养了小情人，才会那么快……他那么有钱，却没给你们一分钱……"那年，许替男六岁，她学会了像外婆那样恨父亲。外婆去世时，她哭得最凶。大家都说"月月和外婆的感情真好……"可她只是觉得，以后只剩她如此恨他了。

她仍然站在他的身后，看着他的后脑勺。

"这么舒服的人，怎么会和父亲一样！"许替男在心里替他辩驳，又或者，是他给她的印象太好了。他那副安静从容的模样，仿佛也使她不那么容易烦躁了。

但有一次，他居然"失态"了。

那是半个月后的某一天，他神情黯淡地走进电梯，没有按"16"，只静静地倚墙而立，有些低落与惆怅。许替男想替他按，却又不想。

"你，坐过了。"这是她与他说的第一句话。

"啊——"他慌乱起来，看看按钮，又瞧瞧门。她在心里"呵呵"笑了。忽然，他说了一句令许替男哑口无言的话。

"没关系，陪陪你。"

一阵沉寂。

"开玩笑。"生硬的解释。他下意识地摸了摸手腕上的彩贝。

原来，他也会紧张，紧张时的动作还是摸彩贝。

这次，许替男终于"呵呵"地笑出了声。后来，男孩有半年没再出现。

半年里,许替男又有些心浮气躁了。

那天,许替男低眉顺眼地站在头儿的办公室。

"你这个设计多么荒谬,这个塔、这个塔——"头儿指着她的设计图,愤愤地说:"多么不现实。成本高,与酒店的格调不相称……"许替男想熄灭自己内心的小火苗,却不自觉握紧了拳头。

塔,是许替男的"坎儿"。

大四那年,她正为前途迷惘。图书馆的后面有一座四十米高的铁塔,塔下有十级台阶,来这儿的人很少。那天,她在高塔下,闭着眼睛晒太阳。发现不远处正坐着一个长头发的人,在画画。许替男好奇,走过去看,却在画面上看见了自己。

"谁让你画的!"她动作极快地扯下了画纸。

"别——"还没等长发男孩反应,许替男就蹬着自行车,飞奔而去。

画中,一个假小子模样的女孩,头枕胳膊,跷着二郎腿,神色安闲地闭目入睡。视角从下至上,整个塔在她的身后欲要冲天。

后来,许替男再也没见过长头发的男孩。后来,她便决定考研了。她想成为一名建筑设计师,可以造出各种各样的塔。

摸着痛经的肚子,听着头儿的叫嚣,脑子浆成一团的许替男回到自己的座位上。她拿出那幅画,耳边回荡着室友的话,"他一定是一个温和的人,不然不会如此细致。你看他画塔尖的习惯,多出了一条线。说明他不是一个尖锐的人"。

温和的人？或许正因为自己不温和，所以总能遇见温和的人吧。她收拾完桌面，准备下班了。肚子仍然隐隐作痛，走到半路，又下起了雨。

"该死！"许替男就像一个随时都可引爆的炸弹，莫名就有心火。

她抱着一大沓档案袋，匆匆跑向咖啡馆的斜檐下。裤脚湿了一片，档案袋也难幸免。看着湿漉漉的世界，她的心里也凉飕飕的。

忽然，传来一阵"咚咚"的敲击声，咖啡馆的玻璃后有一个声音："你挡住我的风景了。"她不禁锁了眉，心情更不爽。"你想看风景？挡死你！"突然，她觉得那个声音很熟悉。

是他！那个西装革履的男孩。"今天心情不好吗？"他的声音透着一股清清爽爽的味道。

"嗯——不好，非常不好。"许替男毫不客气地埋怨。

他撑起伞，笑容可掬地说："带你去个地方。"

那是这个城市的最高点。到达时，雨已经淅淅沥沥地快停了。那儿，还有一座塔。

许替男的心一下子放宽了、开阔了。

她突然说："我想爬这座塔。"

"设计塔的时候，没想过供人攀爬。下次吧！下次我再建一座可供人爬的塔。"

许替男安静下来，扭头看他："你建的？"

"嗯。"他温暖地笑了出来。

"我叫秦秋林,你呢?"

"许替男。"

呵呵,他当然知道她叫许替男。

只是,她没想到他叫秦秋林。因为她保存的那幅画上的落款,规规矩矩地写着两个字——秋林。

秦秋林和许替男,开始各自出入对方的世界。

她给他说自己的建筑梦想,说那个长头发的男孩。

秦秋林顿了一下,说:"我给你说说我的初恋吧!"

"小学三年级转校时,爸爸送我到新学校,指着一个正欺负男孩的女孩说:'儿子,别看她欺负男孩,说不定她是一个缺人爱的孩子。'后来,我会天天趴在走廊上看她,其实大多时候,她都是一个人。一年后,她升初中了……后来,我居然在大学里再次遇见她。她喜欢踢足球,在球场上奔跑的样子,就像要飞起来似的。所以我会经常去看她踢球。在球场上,她被队友拥护,在生活中,她总是一个人。"

许替男吃惊地看着他。

原来,真的是他;原来,他们相识得那么早。

"有一次,她风风火火地骑着车,掉下一串彩贝。我就捡起来了……"

一个月后,秦秋林带许替男去他的家。

许替男翻看相册时,看到了长发的秦秋林,还有许多塔的设计图。无一例外,塔尖总是多出一条线。那一刻的许替男,心里装满了不知名的温暖。因为,她从来没有感受过如此多的爱。

秦秋林问许替男最喜欢哪座塔。埃菲尔铁塔,还是东京塔……

"学校的那座塔。"许替男想也没想便说。

秦秋林沉默许久,说:"明天,我要回法国了,研究生还有半年。其实,我只是一个暑期兼职工。"

许替男早有料想,学生气未脱的他,怎么看都不像上班族。

"明天你不用送我了,早上七点的飞机,太早了。"

"嗯,好的!"许替男的声音完全没有半点伤感。因为她知道,早在多年前,他的心就被她牵住了。

秦秋林心有小小失落,他把许替男送到门口,她便执意不让他送了。

当她转身离开的刹那,他说:"替男,其实,我是——"

"我知道!"许替男不容他说完,转身就走。

她究竟知道什么呢?

人生的很多故事,我们,其实都不知道。

事情的转折发生在许替男母亲病故后。

秦秋林离开三个月后,母亲查出了癌症晚期,手术前,她拉着替男的手,语重心长地说:"这么多年了,我早该告诉你了……当初,不是你爸爸抛弃了我,而是我出轨了……可你父亲不但没有记恨我,反而待我不薄。你从小到大的生活费、学费都是他给的……"

"虽然不再见面,但他每年都会把钱打到卡上……答应妈妈,如果万一我有个三长两短,让他照顾你……否则,我死都不安心……"

手术室外,许替男哭得歇斯底里。手术门推开时,她已经嘶哑了声音。父亲,早知如此,她该是多么喜欢父亲啊!那样内敛、温暖的父亲……

送走了母亲。小姨给父亲打电话,电话递给替男。那头,还是"月月"地叫唤着,父亲给她起的名字,秦月。

"月月,别伤心,别难过,过几天爸爸就去接你……"

"哇!"不知为何,许替男就那么放声大哭起来。

可事情远没那么简单。她以为自己在一瞬间得回了全部的爱,但老天却偏如此弄人。

当父亲把他家人的照片发给她时,她看到了爸爸的另一个女儿,还有一个儿子,那张面孔竟然就是——秦秋林。爸爸在电话里温暖地说:"看到了吗?他们是你的妹妹和弟弟,他们都是很好的孩子……"

她应该崩溃吗?不,是措手不及。

她笑了,笑那个单纯的男孩。

在网上,他笨拙地把他和姐姐的照片发给她,说:"对不起,我喜欢上别人了……"

哈哈,他也一定知道了,所以才会如此慌乱。那样好心的父亲,肯定也会把她的照片给秦秋林看,告诉他:"看到了吗?这是你的姐姐,是一个很好的孩子……"

许替男的眼眶里笑出了泪花,她欢快地打上一行字:

嗯,我知道。祝你幸福,你也要祝我幸福,我们都会幸福的……

愿世界美好如初恋 ◎

这一篇,也许算得上整本书里最喜兴的一篇了。

其实,现实生活中的少女安子,并不是一个那么苦大仇深的人,而是一个简单的、快乐的,甚至有些张扬的女孩。

开学的第一天,我斜倚在床上,两只脚翘在桌子上作自我介绍:"我叫安安,外号耗子,希望大家能够喜欢。"于是,"耗子"便成了我的"芳名"。

每天早上,3号宿舍楼里的女生们就会听见我们寝室那嘹亮的女声从楼下向楼上升腾:"耗子,耗子,快起床了,出早操了!"唉,没办法,我每天早上都起不来床,于是每次早操点名都会缺少一只瘦弱的老鼠,那就是我。

后来,基本上3号楼的女生都认识我,当然,基本上所有的女生都不知道我叫什么，她们只知道，我的名字叫"老鼠"，扩展名是"耗子"。

开学后第一次卫生检查，我这只老鼠就立了大功，因为女生都怕老鼠，唯独我这只老鼠不怕，于是，每个人的壁橱全归我打扫，每个人的床下全由我承包，她们七个皆得意扬扬地坐在上铺观望，谁也不敢下来参加我的"灭鼠大战"。就在我灰头土脸大吵大叫地追逐老鼠时，某个不明生物推动了宿舍的门，而我当时正好弓着腰背对着门，观察床下是否有老鼠的踪迹，于是，门热情地亲吻了我的小屁股，我扑通一下亲吻了504冰冷的水泥地板。

在七个"上铺大仙"疯狂的笑声中，我老猫般怒吼着爬了起来，转身欲痛扁推门的不明生物，却看见一只咧着嘴挠着头连声念佛经的"花猫"，只不过这只"花猫"的佛经是"对不起"。

于是，老鼠小姐我迅速逃到床铺前规矩站好。

这只花猫，就是我们班的卫生委员陈钰，习惯在早操时检查我们的长指甲，每周四早晨趁出操时偷袭我们的脏宿舍，还常常对我染成五颜六色的长发指手画脚，被我们骂作"大花猫"。

为了我们504宿舍的卫生红旗，我只好忍气吞声，放过这只不明生物了。不想，花猫念完佛经之后，毫无悔意地把手伸向了制造"504老鼠亲吻地板"事件的木门。我以为他要替我报仇，不料他手指一翘，直奔门楣，蹭了满指尖的灰尘后，正颜厉色地说："存在死角，中。"

花猫走后，我在背后狠狠地朝他的背影踢了两脚，哼！撞了我的屁股，我没告你性骚扰，你还只给我们一个"中"，呸！你个死猫！

我生性顽劣，开学不到两个月，就萌动了逃课的心思。学校门口的小店里有好多可爱的十字绣，老板娘答应手把手教我；学校后门有一个小酒吧，那里的科罗娜才卖十块钱，50块钱就可以享受一把小资生活；学校旁边有一条小胡同，直通绿树成荫的"嘉华广场"，广场上有好多卖风筝的，正是秋风乍起之时，我可不能错过了好时机；学校里的小树林里听说有不少谈恋爱的，不知道他们会在什么时候出现，我真想伏击三日，看看绝对真实版的"校园恋爱实录"；还有，还有好多好多的快乐诱惑着我……

于是，在一个秋风飒爽的下午，趁统计老师转身做板书的当儿，我弓着腰从教室最后一排靠门的座位上悄声站起，然后迅速转身，一步就跨出了教室门。小心翼翼地穿过楼道之后，我踏上了楼梯，兴奋不已，我成功了，逃离了枯燥的课堂，就要奔向美妙的广场，放风筝去喽！

正当我准备放开双手拥抱蓝天时，突然听到身后有诡异细小的脚步声，我张皇失措，这可是我第一次逃课，难道被发现了么？我不敢回头，小心脏开始狂跳，脚下的台阶极不给面子地绊了我一下，于是，我结结实实地亲吻了楼板，庞然大物般倒地了。

真是应了那句老话"不是冤家不聚头"，原来身后的脚步声是花猫追踪的脚步，花猫此刻突然现身，随即将我捕获，扛在后背上运往了"卫生室"。

后来，我们宿舍的七个大仙还对我"严刑逼供"，要我坦白当时如何"勾引"花猫走出教室，如何趴在花猫的后背上搔首弄姿。

上天开眼，猫抓老鼠，老鼠躲还来不及，哪里还敢"勾引"。

再说了，花猫也就比我高五厘米，体重估计和我相差无几，满身排骨，扛着我就像扛麻包，咯得我生疼，加上可恶的楼梯扭伤了我的小脚，罪恶的楼板蹭破了我的粉面，我哪有心思去搔首弄姿呀！

不过这次"楼板之约"后，花猫好像认定了我身上老鼠的味道，三天两头在3号宿舍楼下"蹲点"。为了诱我出洞，还时不常托大仙们带些话梅、板栗、饼干之类的糖衣炮弹上来，有时候连粮食和开水都托大仙们给我捎上来。

最可恶的是周四早晨，他竟然不敲门就进504检查卫生，手里还端着热腾腾的豆腐脑，尚未从睡梦中醒来的我抓狂般把枕头砸向他，他只好顶着一头豆腐脑仓皇逃走。

哼，我才不上当呢，花猫本来就是"楼板之约"的始作俑者，我怎能敌我不分？不过糖衣炮弹还是可以尝尝的，原则是留在心里不是留在嘴里的嘛。

花猫的确从"地板"事件之后就盯上了我，猫抓老鼠是天性嘛，可"楼板之约"中，他的确不是故意要吓唬我的，这是后来我和花猫"化敌为友"后才正式澄清的事实。

一个星期后，我终于可以在宿舍大仙们的搀扶下，一瘸一拐地去听课，这回我老实了，除了瞅着老师的板书发傻之外，只剩下眼巴巴地盯着窗外飞翔的小鸟发呆。

某日，我正在专心研究小鸟飞翔的姿势，高数老师突然叫道："安安，你来回答这个问题。"我朝黑板上看了一眼，上帝，我怎么会认识那么多"S"似的东西，再加上几个躺着的"8"字，简直就是天书嘛！

就在这时，一个细小的声音从背后响起："无穷小。""无穷小？"我边说边回头找那个细小的声音。老师却在上面说："对了，坐下。"那个细小的声音就是花猫的叫声，不知从何时起，他坐在了我的身后。

大学里没有固定的座位，你愿意坐到教室的哪个位置上都可以，以前我总喜欢坐在最后一排，自从"瘸"了之后，总是由大仙们安排坐在她们中间，而花猫便也嗅着腥味，日日坐到我的背后。

我讨厌花猫，从"地板"事件开始，我就嗅到了他身上的猫味，为了自身安全，我向来拒绝回头和花猫对话。

不过花猫不死心，每天下课，大仙们出去蹦蹦跳跳的时候，花猫就从我背后递过来一包包的糖衣炮弹，开始我连手都不伸，任凭他扔到我的桌子上而岿然不动，后来看见了我最钟爱的"芥末一郎"，终于忍不住口水伸出了小爪子。

花猫对我的追捕可谓严密。

课间换教室，他跟在大仙们和我的身后走；下课回宿舍，他徘徊在我和大仙身后，步伐比蹒跚的我还缓慢；就连大仙们搀我上厕所他都要悄悄跟在后面，这是和我最要好的"梅大仙"告诉

149

我的，她说她每次搀我去厕所，都看见花猫蹑足远远地跟在我们后面。

后来，和花猫宿舍的大熊谈恋爱的"菊花大仙"鹦鹉学舌，说花猫竟然在607宿舍的晚间卧谈会上如数家珍、大言不惭地累述我哪节课迟到、哪节课走神、哪节课睡觉，这令我非常不快，大有要为老鼠家族铲除这一恶患的决心。

要说花猫这个人，也并不是一无是处，他的学习成绩让我望洋兴叹，他为人的热情和认真也博得了不少同学的赞赏，而他对我的严密追捕更夺得了大仙们的同情。可惜，小女子我还没有过足快乐猖狂的单身生活，更对小树林里的"校园恋爱实录"嗤之以鼻。

于是，当我终于恢复奔跑的机能之后，我开始逃离猫鼠大战。我逃课，我喝酒，我放风筝，我学十字绣，我甚至抱着电吉他跑到学校附近的地下通道里去，把自己的小帽子扔在地上，然后放声唱歌，不为挣钱，就是为了好玩，而花猫再也无从追踪我。我就这样没心没肺地快乐着，直到有一天，花猫"英雄救鼠"。

年少轻狂、不更世事的我怎么知道在地下通道里放声歌唱也要"照章纳税"。几日张狂吼叫之后，两个面目狰狞、尖嘴猴腮的地球生物出现在我眼前。

大丈夫能屈能伸，我慷慨大方地将帽子里的十几块钱赠与他们，可惜，零碎银子非其所欲，他们举起打狗棒直奔我和我可爱的吉他。

我怎敢恋战，抱头鼠窜，可惜不是草上飞，没跑出两步就被扯住了吉他。"救命呀！来人呀！"伴随着我的狂呼乱叫，花猫从天而降，猫眼圆睁、猫爪狂抓冲了过来，我丢了吉他狂奔向他。上帝呀，我梦想了无数次的英雄救美怎么变成了花猫救鼠？

花猫救鼠之后，我只好和花猫化敌为友，吃人家的嘴短，拿人家的手短，被人家救了心短，和花猫抵抗到底的决心也只好暂且收敛。况且马上就要期末考试了，我也只好装模作样地转身，请永远坐在我身后的花猫帮我补习天书，捎带脚请他解答几道微积分，那是铁哥们深夜爬窗潜入高数老师办公室窃得的试题，自然要劳驾花猫先生了。

如坐针毡地跟着花猫学了两天天书之后，期末考试开始了，我的结果自然很惨，除了天书背了几道题的答案外，统计几乎交了半份白卷，补考变成了顺理成章的事情。

这回我可真傻了，妈呀，这可让我怎么去见我爸我妈，万一老爸一着急，一巴掌下来，还不把我打成国宝呀？

沉默的老鼠在分数公布的那天晚上，独自坐在六楼的小教室里，所有的学生都开始了寒假前的狂欢，教室里空无一人。我没有开灯，看着窗户上摇动的树影泪眼婆娑。

花猫适时地出现了，这一次，我很没面子地在花猫面前哭了起来，花猫一边手忙脚乱地帮我擦眼泪，一边发誓："耗子你放心，我保证你补考全都及格，只要你跟我学。"

寒假过得艰辛，一个学期的课程怎么就能在一个月里学会，况且再怎么撒谎说自己打工，春节也是要回家过的。于是，我真成了猫口里的老鼠，整整半个月，除了睡觉上厕所，半步也逃不脱花猫的视线。没办法，为了向爹娘交待，我不得不虎口偷生了。

好在小女子天生聪慧，总算在春节前补考成功，完事大吉了！

临回家前，我握着花猫的手感激万分："滴水之恩必将涌泉相报，我怎么感谢你好呢？"

花猫的脸红了，羞涩地低下了头，说："没什么，你能把我当成你的朋友就行了。"

"好，从今后你就是我的铁哥们，我们是最好的朋友。"对面的花猫，嘴巴张成了字母"O"。

寒假过去，我穿着老爸八千块给买的皮大衣闯进了607，我大呼花猫，拽了他的手直奔学校旁边的"香辣蟹"。春节老爸特别高兴，甩给我一件大衣和两万块钱。

我在心底里高呼花猫万岁，我这一年的幸福生活可都是你帮我挣来的呀！

所以我决定，这一年我吃什么，就拉着花猫吃什么！

面对飘着红油沸腾的火锅，花猫窘了，他不停摆手，说不能这样不能这样。

好，你说怎样，我就怎样，今天你说了算！

花猫更窘了，脸像红布一样在火锅蒸汽里变大。

花猫说，不要乱花钱，耗子，你要听我的，这个学期就要好好学习！

什么？好好学习！我急了，大不了老子最后再补考，反正考得过！

花猫拨浪鼓一样摇头，不肯动筷子，我有点晕，看来这个哥们还真不好对付。罢罢，既然认定了这个哥们，就暂且答应他，不过学不会可就不是我的责任了。

我的日子从此惨遭割裂，大块的快乐时光被花猫囚禁在教学楼，花样的美好青春被花猫禁锢在图书馆里。

为了瓦解花猫的军心，我拖他和我一起去嘉华广场放风筝，去凤凰影院看电影，去小酒吧喝酒，甚至还强迫他和我一起去学校小树林里伏击，大肆吓唬那些"痴情男女"，可无论我怎样疯玩，花猫都不忘记把我带回教室。

这样苦闷的日子过了一个月，我终于在沉默中爆发。

那天中午，我怀着决绝的心情把花猫约到了学校旁边的小胡同里，打算和花猫彻底清算后投身于嘉华广场的料峭春风、灿烂春光里。我咬牙切齿地对花猫说，如果你愿意，你永远是我的铁哥们，可是我不能再跟你一起上课上自习了，这里是五千块钱，算是我给你的报酬，你就此放过我吧。

话音落地的瞬间，我看见花猫的眼睛扑闪了一下，有晶莹的东西涌了出来，迎着春光装满了眼眶。花猫咬着下嘴唇，双手插在口袋里，半天没有说话。

我硬硬地把钱往花猫的口袋里填，花猫向后躲，最终，一滴清凉的泪珠落在我的手背上。

我怔住了，这次轮到我的嘴巴变成了字母"O"。

花猫一字一顿地哽咽着说："我什么都不要，我所做的一切，只是为了让你知道我爱你！"这句话出口，花猫转身跑掉，没能扎根在花猫口袋里的钱散落在春光里。

两天后，剪了染得一塌糊涂的长发，摘了叮当作响的手链，脱了乱七八糟的衣服，扔掉一书包的电子宠物，我低着头，咬着下嘴唇站在607宿舍门前，轻轻敲门，轻轻喊"花猫"。

门悄无声息地敞开了，花猫直挺挺站在我面前，眼睛红红的，像兔子。

我扯了扯他的衣袖，小声对他说："我跟你做功课去。"

花猫的眼睛亮了一下，迅即熄灭，懒懒的问我："现在跟我去？"

我低头，踮起脚来，脖子向前探了探，嘴巴凑近他的耳朵："四年，四年都跟你去，好不好？"

花猫发呆，几秒钟后，花猫拦腰将我扛起，就像原来扛我去卫生室一样毫不犹豫。

嘴里高叫着"花猫圣经"："老鼠老鼠我爱你，就像老鼠爱大米！"

那时我们都年少 ◎

　　谁都有年少时光，我也一样，在那段白纸黑字、铅笔橡皮的日子结束之后，我找了他整整十年。从高二下学期他转学的那一天开始找他，在生活中找，在网络上找，在睡梦中也找，然而他却像游离的影子，不经意间消失了，然后偶尔烟雾般飘来一丝不确凿的消息，接着，消散不见踪迹。

　　陈娟知道我一直在找他。高二那年，他转学后，我曾托陈娟帮我寄过很多封信给他。当时的我的确没有勇气自己把信投进信筒，只好一次又一次把信交给陈娟，然后，再要回来检查一下早已检查过十几遍的地址，最后，把期望、心跳和信一起小心翼翼地再交到陈娟手里。

　　陈娟是我最好的朋友，我生命中第一朵玫瑰花就是她送的，陈娟在帮我寄了许多封信之后，曾经问过我是不是喜欢张华。我低头不答，脚下的石子好像有点咯脚，我想我该换个地方站。

读过安子的《且将青春一饮而尽》的读者，一定还记得那个叫陈潇的男孩，如果说，陈潇是男神，高挂天上的话，那么张华，就是触手可及的翠绿可爱的柳芽，可惜，不管是高挂天上的男神还是触手可及的柳芽，我都不敢真正触碰。

不知道是地址错了，还是张华的妈妈隐匿了我给他的信，反正，记忆中我从没有收到过他的一封回信。后来听陈娟说，他去北京上大学了，自此，不再有他确切的消息。

十年是漫长的旅程，这十年里，我始终不肯忘记他，在我心里，再名贵的树，都比不上记忆中的那一棵。

他是那样棒的一个男生，他会踢球，他很帅，他还很勇敢，敢在老师讲课的时候说笑，敢于冒着早恋的恶名和一个并不漂亮的女孩牵手，还敢逃课，敢喝酒。

在我看来，男人就应该像他那样，无所畏惧。

陈娟是个漂亮女孩，我清楚地记得，班主任吴老师曾无意中说，陈娟是个美人坯子，脸蛋滋润得能捏出水来。

陈娟喜欢唱歌跳舞，喜欢说话，班里的男生女生好像都喜欢找她搭讪。而我就坐在陈娟旁边，同桌六年，却从来都是无人关注的丑小鸭。

而初二之前，他就坐在陈娟身后的座位上，每天，我都能听见他说话，能够感觉到他的气息。但是，我从来都不敢回头看他，我怕，怕自己的心跳被他听见。

他喜欢踢球，虽然他没有隔壁班的"球皮"踢得好，但是在我眼里，他是全场最耀眼的球星，虽然他只是守门员，但却是无所不能的守门员。

记得有一回，我们班和隔壁班比赛，当他大汗淋漓地走出球场的时候，他的并不漂亮的女朋友跑过去拥抱了他。从那个时候起，我开始嫉妒那个嘴唇有点厚的女孩，因为，她可以无所顾忌地和他在一起，而我却不敢，也不能。那场球结束之后，回到教室，陈娟递给他一块巧克力，而我却什么都没能给他，直到今天我还记得当时我的感觉，窘迫、不甘、无奈。然后强迫自己转过身，把头埋进书本里，而耳朵却在专注地听着他和陈娟的对话。为了那块巧克力，我耿耿于怀了很多年。

因为关注着他，所以清楚地知道他哪节课逃掉了；因为在意着他，所以每时每刻都在校园里寻觅他的身影。

因为想和他说话却不敢开口，所以嫉妒每一个和他说话的女生；因为看见他就心跳，所以从不肯轻易回头看他，而耳朵却从来都在找他。

清楚地记得，那个时候每到假期，我都会给他打电话。每次打电话前，我都会心跳不止，真的是那种无法按捺的狂跳，然后，我会把收音机的声音开得很大很大，接着，拨通他家的电话。

他家的电话是我从我们那个城市的电话簿上翻找到的，上面是他母亲的名字。每次给他打完电话，我都会写很长很长的日记，给自己，也给他。

那两年，我的日记本用得特别快，每天晚上我都会躲在自己的小屋里写日记，一本写给他，一本写给自己。

在我和他的交往中，我只做过一件勇敢的事情，那就是在初二的那个暑假，约他出来，把我的日记本拿给他看，那是我年少的心中全部的秘密。

我一生都会记得那天临别前，他在我日记本的最后写下的那句话，"黑蝴蝶会永远在你身边飞翔的"。因为我在日记里把喜欢穿黑西装的他比作了一只飘忽不定的黑蝴蝶。可是他从来就没有真的在我身边飞翔过，我依旧不敢和他说话，依旧很少回头，依旧做我的好学生，而他依旧做他的差等生。

我一直很羡慕陈娟，她可以自由自在地和每一个人说话，可以和男孩子们出去玩，她大方活泼，谁都喜欢她。

而我不是，我胆小、怯懦，我不敢和老师不喜欢的学生说话，不敢和男孩子们打闹。虽然我从来都很羡慕他们肆无忌惮的笑声，羡慕他们一起在校园里奔跑追逐，可是，我始终不敢，我是乖孩子。

张华去了北京，听说读了大专，我在省会的一个大学里学国际贸易。

大学四年，我终于学会了勇敢，从不知所措地拿着来自海边的那个男孩写给我的情书发呆，到无所顾忌地拉着陈钰的手一起在校园里疯跑。

我不知道是什么改变了我，也许是青春四溢的漂亮外教，她要我们用英语大声说出自己喜欢的男生的外貌；也许是胡子拉碴的法律老头，他送我们进法庭，旁听回来，他让我们自己扮演能言善辩的律师。总之，我终于变得勇敢了，在春暖花开的季节里，我在"5460"上发了一个寻人的帖子："张华，你还记得我吗？我一直在找你，无论是你还是知道你的消息的人，都请与我联系，谢谢大家。"接下来，陈钰帮着我把这则帖子贴满了各大网站的同学录，当然，是我逼着陈钰这么干的，他都委屈得快哭了。

然而，我还是没有找到他，只是陈娟打来电话骂我，说你疯了，满世界找他，他早就有女朋友了，你别傻了。

当然，除了陈娟还有高军给我打来电话，高军曾是张华最好的朋友，高军的话语里有些别样的味道，问我找他干吗，我说不出来，只是问他有没有张华的联系方式，他说没有。

十年后，我竟然找到了他，或者说，他找到了我，后来我问他，你那天怎么想起在QQ上找我。

他说不知道为什么，就想找找看看，在上线的人里查了一下你的名字，还真就找到你了。

可就在他找到我的几天前，我在QQ上的名字还不是我自己的名字，只是碰巧一个朋友说在QQ上找不到我，我这才把名字改了过来。

他在QQ上跟我说话的时候，提及了陈娟和高军的名字，直觉告诉我，是他，就是他，可是心脏不敢相信，直到他把他的照片发给了我，我才高喊上帝。可是，造化弄人，他已经不在北京，

159

毕业后他就回了我们的城市，而我，却阴差阳错地把生活的触角扎进了皇城根下。

十年之后，我已经能够坦然地跟他提起我对他的种种情感，我原本以为，这十年间，他一定是风雨飘香花满楼，不知有几多女子会如我般为他梦萦魂牵，然而，一切都并不像我想象的那样。

从高二那年起，在张华看来，自己已经变成了一个彻头彻尾的失败者、差等生。他总是被老师骂，总是被罚站，他从不愿意抬头看人，每次走进教室的时候他都喜欢顺着墙根溜进来。

他不喜欢和优等生说话，特别是不愿意和优等女生说话，他总觉得自己和他们格格不入。

而从高二那年起，张华就不再长高，而开始长胖了。

这十年间，他上学、工作，生活单调而平淡，既没有艳遇也没有纯情故事，谈过恋爱，却未成正果。按照他自己的话说，除了即将成为老婆的现女友，他在那个厚嘴唇女孩之后，就没有再亲近过女色。

我的日记他至今还记得，他也知道当年我在网络上疯狂地找他，可他压根就没想到过我，因为在他眼里，我和他本来就不是一个世界里的人。

上帝，我真的要哭了，我珍藏在心里十年的珍宝竟然不是别人眼里的珍宝，也不是他自己眼里的珍宝。在我眼里，他从来都是一个很好很勇敢很有魅力的男人，以至于十年来，我一直在找他。

生活总是那样奇妙，如果十年前他转学之后肯给我一个电话，我肯定会不顾一切地去找他，把自己的梦想固着在他身上。

如果当年高军给我打电话的时候，在旁边静坐的他能够拿过电话跟我说一句话，我们的生活就不会像今天这样隔山隔水。

可是，那时我们都还小，抬头听见知了叫，知了知了我问你，我的心思你可明了。

时间看得见　◎

每个人都青春过,只是有的青春,单纯灿烂,有的青春……

故事里的"我",不是安子。

请允许我用第一人称,去展现这个故事,展现这场青春。

春天的时候,我遇到了十年未见的林紫馨。

十年前,我,林紫馨,还有丁晖,三个一起在胡同里长大的小孩在一棵大槐树下发现了一丛紫丁花。

十几岁的年纪,两个女孩一个男孩,竟然对这小小的花入了迷。

每天放学后,我们玩累了,就蹲在树下,看它们从盛开到落败。

有一次,我们骑着自行车在胡同里乱窜。林紫馨骑得太猛,冷不防就撞上了我的后轮胎……后来,我在床上躺了一个星期。

说实话,那疼痛并没有多深刻。我只是不想去上学,更贪恋爸爸对我的关心。

我想,我只要躺在床上,爸爸就不会再到处串门,也不会串到林家,然后和林爸爸一边下着棋一边说:"你家紫馨真机灵,过给我做干女儿吧!"

那个星期,丁晖和林紫馨每天放学后都会来看我。那时,我已经越来越不待见她,却在心里喜欢着丁晖。

我总想听他多聊聊学校的事,可林紫馨总是坐不住十分钟,便嚷着要去看紫丁花。

每次,丁晖都会乖乖听她的话。

我隔着玻璃看着那两个挤在一块的脑袋覆盖在紫丁花上,心里就恨恨的。

后来,我好了,花死了。

紫馨抱着我哭得稀里哗啦,丁晖劝她:"明年春天,它们还会再长起来的。"

突然,我冷冷地说了一句:"它们已经死了,别做梦了。"

我想,如果是在从前,我必然也是会掉眼泪的。

那年过年前,爸爸突然去了。

我愣得都掉不出眼泪,看着林紫馨在她爸爸怀里哭得稀里哗啦,我却愈加哭不出来。

你凭什么哭!这是我爸爸!你凭什么哭!

看着她那副天真无辜的样子,我却只能在心里抗议着。

我也终于哭了出来。

爸爸走了,家里的顶梁柱没了。我与妈妈搬到了另一个城市,住在外公家,过上了寄人篱下的生活。

大学毕业时,我应聘到一家广告公司做策划;三年后,我已经成了广告策划部的经理。我和妈妈终于有了自己的家。

我就是在主持公司面试时,遇到了林紫馨。

这位富家小姐居然自己跑出来找工作!她说想在接管爸爸的公司前,体验一下生活,积累一些经验。

不知出于何种目的,对她百般刁难的我在最后居然点了头,让她进了策划部。

是啊,有何不可!从今以后,她就是我的属下。

一种莫名的兴奋和满足,充满我的全身。

对于顺利通过面试,林紫馨似乎并没有表现出多大的开心,反而对于遇到我,乐得屁颠屁颠的,"真的太巧了!子若,我没想到还能见到你。"她还是一如从前那般天真、活泼,一副没脑子的样子。我发觉自己的喉头有些干涩。面对她,我总是有些不能自控,欲言又止。

我突然想到一场游戏。我是主导者,她会是任我摆布的可怜虫。

我请她去豪华餐厅吃大餐,开着宝马载着她去高级会所,带她参观我的三套房子……对此,她当然是见怪不怪。

但我要让她知道:所有的这一切,都是我自己得来的,不是靠父母,不是靠"白痴脑"换来的运气。

她显然很羡慕,表情应接不暇,十分激动地说:"子若,你真棒！"

忽然，她的眼睑垂了下去："你知道吗？伯父死后，你和伯母搬走了，我好担心——"

"行了，别说这些扫兴的事。"我把刀叉在牛排上划过来划过去。

"给你介绍一下公司的情况吧！"突然想起一些可恶的人，这些可以赶走一些心烦意乱。

我告诉她，那个叫洛美的公关打扮得花枝招展，整天想着如何勾引孟东波。

那个副总于蓝，长成那副丑样子，还敢出来吓人……

想到孟东波，我格外说了一句："他是老板的公子，设计部的总经理，好像对我有意思！"我装作不屑地瞟了她一眼，她的眼睛都笑成了月牙儿。

你为什么这么开心？我凭空有些恼火。

我突然发现这场游戏有些失控。

再次坐在豪华餐厅时，换成林紫馨请客。

她居然热心地"劝导"起我来："洛美哪有你说的那样，我看她挺开朗的。还有于蓝，脸上长了一些斑，你就说人丑，不公平！"然后，她神秘兮兮地冲我眨眼："我替你看过了，孟东波果然不错，你可一定要好好把握哦！"我无言以对。

结账时，我看着她把刚刚领到的1500元工资全部掏了出来。

出门后，我直接对她说："我有点事，你打车回吧！"她随意地"哦"了一声。

在我发动车子之际,仿佛听见她大声说:"小心点!"哼!这句话应该对你自己说吧!

该死的洛美,该死的于蓝,看见我时就一副死人脸,看见林紫馨就笑成了一朵花!

那天下班前,我正欲离开公司,突然从桌子底下冒出一群人。

"生日快乐!徐经理。"我都忘了我的生日了。那一刻,有种久违的感动,之后,却又稍纵即逝了。

孟东波见我感激地看着他,居然有些慌乱地指着她:"是紫馨啦,我们都不知道你的生日。"然后,我看见他温柔地看着她,这令我着慌。

我想指着她的鼻子,叉着腰使劲骂她。骂我的愤怒,骂我无处发泄的憋屈……可我只是欣然地笑了笑,脑子里想到了一个结束这场游戏的好计谋。

三个月的试用期很快就到了。

我把林紫馨和另外两个新员工叫到办公室:"最后留下的只有两个人。为了公平起见,我想通过一次策划比赛来检验你们这三个月的学习心得。"

结果出来了,我自然把坏消息告诉了林紫馨。

递辞呈时,她欲言又止。

我刚要说什么,她却抢白:"我知道,比赛要公平。"哈!她以为我会愧疚。她看起来仍然没有半点沮丧,这让我颇为不爽。

临走前,她突然皱着眉头说:"哎呀,我脑子真不好使,本来是要给你带份礼物的。"是什么礼物,她没说,我也没在意。

一个星期后,我们公司做了一场大型的宣传策划。没错,这个策划出自林紫馨的比赛作品。其实,这个策划并不是最好的。我当然是有我的心思。

策划做得很成功,各大媒体进行了大篇幅的报道。我想,林紫馨一定看到了。

我多想看到她惊愕的表情。我要让她知道,我不是她眼中的乖乖女,我对她有成见,有偏见……我深吐了一口气,多年的积怨仿佛一下子吐了出来。

又是一个星期后,我收到了她的快递。

只一眼,我便惊愕了。那是一张照片。照片中,一棵大的槐树下是一丛生机勃勃的紫丁花。

照片的背后,是林紫馨娟秀的字迹:

我想,我终于可以猜到,那年的紫丁花是被谁给拔了。是你吗?子若。我本来以为把它们再次种到土壤里,它们就会活下来。可你却抱着我,要我不要做梦。哈哈,你想不到吧!在你走后,我又买了好多花籽,把它们种了下来。后来,丁晖也走了。但是我却挺开心的,因为有紫丁花陪着我。看到它们,我就会想到你们。告诉你一个秘密:紫丁花的花语是,青春的回忆。

我捂住了嘴,眼泪涌了出来。

谁来陪我浪迹天涯 ◎

看着《射雕英雄传》和三毛的书长大的我，有一个长长久久的漂流梦，那是一个怎样的暗红色梦想？

夕阳西下，天苍苍，野茫茫，风吹草低见牛羊。一片橘色的背景，就像张艺谋的《英雄》一样，那满天的树叶飘零。我穿着飘逸的衣裳，头发像丝绸一样在风中起伏飞散，我的他和郭靖一样魁梧白皙，傻傻地坐在我的背后，我们胯下的枣红马悠扬地打着响鼻，走向远方。

我一生的梦想就是这样潇洒的流浪，无牵无挂地游荡在大自然的恩赐里。只要有他，我的一生就够了。

这个梦想主宰着我。

后来，我又深深地爱上了《美女与野兽》，爱上了人猿泰山。

我一直在幻想，幻想能够坐在泰山健壮的手臂上，被他托着在树枝之间腾跃，在山水之间游荡；甚至幻想能够在深夜遇见善良而丑陋的野兽，与他有着心灵的感应，能够永永远远地与他离开这个纷繁的世界，寻找我们的梦想天堂。

有了这么多浪迹天涯的绝妙梦想，于是，在大四的那个暑假，我决定在假期里将之实现。

那个时候，自驾游、驴友、背包客等短语和名词，才开始普及中华大地，我虽然不是户外爱好者，但是也不能免俗地被"世界很大，我想去看看"的瑰丽畅想所诱惑。

开始，我打算徒步旅行，走到哪里算哪里，只要遇到了我的泰山，我就永远地留在那里。

后来，我再三研究，终于选择了西藏，不仅仅是因为认识了一个单车走西藏的姐姐，还因为西藏的确有太多神秘的传说，令我神往。

在当时的我看来，西藏，最适合我的梦想。

彪悍、勇猛的泰山一定在那里，也只有那里，才有那天苍苍、野茫茫的两个人的天地。

我开始上网查询，虽说我向往无牵无挂，但是我也得做好沿途的准备呀，免得我还没有见到靖哥哥或泰山就英勇就义了！

从独步西藏到独腿走天下，我看遍了那些过来人的故事，怎么都是男的？

没关系，我发现了一本西藏羊皮书，详细地介绍了路线和沿途的建筑，包括一天走多少路，哪里有旅馆都有介绍，真好。

在做了详细的调查研究之后，我开始列购物清单。六磅旅行水壶一只，手电筒一个，睡袋一只，随身衣物五身，创可贴两包，泻立停一盒，曲别针、别针、橡皮膏若干，压缩饼干若干，沿途随时可以看的世界名著和我心爱的《射雕英雄传》带上，还有洗发香波一瓶，摩丝一瓶，镜子一块，要想有飘逸的长发被清风吹拂，没有它们可不成。还有呢！防风眼镜一副、胶靴一双、旅游鞋一双、笔记本、相机、地图、指南针、口哨、绳子、毛巾、牙刷、牙膏、口香糖、巧克力，等等。我这一去不知何时才能找到我的泰山，我决定再也不回头，所以，我还带上了我心爱的长毛玩具狗、芭比娃娃和史努比。

这么折腾来折腾去，我整理的这包东西我连背都背不动了，这可怎么好？

那个时候的我，任性而倔强，连手机铃声都是"依稀往梦似曾见，心内波澜现；抛开世事断愁怨，相伴到天边。逐草四方沙漠苍茫，哪惧雪霜扑面；射雕引弓塞外奔驰，笑傲此生无厌倦"。

那个时候的我，还常常鬼鬼祟祟地打量周遭的男生，研究哪个可以"发誓要带着我远走海角天边"。

在我眼里，去西藏，就能够实现我弯弓射大雕的梦想。雾重烟轻、万水千山、百转千回的壮志豪情，就能走向青城山，走向蝴蝶谷，走向冰火岛，走向归云庄，走向属于自己的归宿。

我当然不可能侠客般游走在钢筋水泥的城市里，不可能如圣斗士般攻占黄道十二宫，也不可能手摇折扇处处留香，更不可能鞋儿破、帽儿破，身上的袈裟破，然后酒肉穿肠过。所以，我要"射雕引弓塞外奔驰，笑傲此生无厌倦"。

套用后来的一首歌的歌词，我当时的心情真的就是："山有多高啊，水有多长，通往天堂的路太难，穿过草原啊，越过山川，载着梦想和吉祥。幸福的歌啊一路的唱，唱到了唐古拉山。坐上火车去拉萨，去看那神奇的布达拉，去看那最美的格桑花呀，盛开在雪山下。坐上火车去拉萨，跳起那热烈的雪山朗玛，喝下那最香浓的青稞酒呀，醉在神话天堂。"

那时候，青藏铁路这条巨龙还没有横空出世，拉萨和布达拉宫真的是神话中的天堂。

然而，在我偶尔读到一位名叫廖佳的女行者，单车走西藏的故事后，我又改了主意。

当时，家里有一辆破吉普，于是我的梦想逐渐发展为开着老旧的2500切诺基，驰骋在广漠的草原上。啊，多美的意境！

于是我决定带着破旧的吉普上路。接下来，我开始购置车上必备的东西。

先更换了轮胎，普通胎可跑不了那崎岖陡峭的山路，然后购买了足够的防冻剂、机油、零配件。对了，还要找个师傅学习学习修车技术，要是坏到半路上可怎么办？我可和别人不一样，人家是旅行，我可是不打算回来了啊，我要实现我的绝妙梦想。

大学里结余的生活费和暑期打工积蓄的一点银子，全都花在了这些装备上，老爹以为我在筹划全家开车出游，根本没有想到，我只是想，一个人，去西藏。

这么折腾来折腾去，等大小故障我都能够应付自如，所有一切准备停当了，暑假也就快结束了。没关系，我可以晚一点去上班，反正我即将找到人生的真义了，何苦还去计较明日的朝九晚五？

我打电话问一个要好的大学同学，他曾背包走过敦煌，很辉煌的。我问他一个人外出感觉怎样？人家说，走了两个月，最痛苦的就是寂寞，天天连个说话的人都没有，人都快憋疯了。我听了害怕，转念一想，没关系，我找人说话，吃饭的时候和饭店的老板伙计说话，加油的时候和加油站的姑娘小伙说话，问路的时候和过路的大人小孩说话，没关系，我能挺得住。

想想真是的，我要去寻找梦想的天堂，要浪迹天涯，远离尘世，怎么会怕寂寞呢？我一定不会怕的，嘻嘻，说不准我还能在寂寞中写出一本旷世奇著呢。

眼看佳期将至，就要出发，我还是不放心，又给那位好同学打电话，问他，有没有危险。

我怕出师未捷身先死，那么我的泰山岂不要为我空等一生了么？

没想到我那个好同学说，你一个女孩，别去了，听说西藏有个死人沟，你是断难过去的，别傻了。

我一下子为了难。拿起《射雕英雄传》翻了半天，你说说，这些人拿什么抵御危险呢？对了，他们有武功，可以降龙伏虎，干脆我再去学学武术吧，这样也可以保证我身体健康，沿途不会生病，免得让泰山遇见林黛玉。

父母没有反对我，在还没有得到就职通知的时候去健身俱乐部当教练，原本我就是健身俱乐部的会员。于是，名曰教练，实际上，我整整学了一个月的散打。哈哈，我终于找到感觉了，在健身俱乐部里，我吼哈乱叫，浑身色彩斑斓而在所不惜，因为梦想啊，就在不远的前方。

终于，我的好同学专程从外地跑来，来检验我的一切准备，我又是挥舞拳脚，又是展示装备。尽管他列举出一大堆困难，我还是决定上路了，反正，车到山前必有路。

临了，我的好同学决绝地说："既然你决定一定要走，就走吧。要我做向导吗？"

"要什么向导？我要浪迹天涯啊！"

在我出发的前一天，我收到了一个短信，"曾经，有一份真挚的感情放在你的面前，你没有珍惜，今天，如果你愿意，我愿意陪你浪迹天涯！"

竟然是他，我笑了笑，关了手机。

看过安子前面那篇《那时我们都年少》和《老鼠爱上猫》的读者，一定还记得有一个叫作陈钰的男孩，而当下我这个好同学，就是陈钰。如果说，在我轻狂的年少岁月里，有一个人，至今我应该对他说一句"谢谢"，那就是他，陈钰。他一直在关注着我，一直在关心着我，一直在祝福着我，直到最终有一天，他对我说：

"我尊重你的选择，我祝福你，幸福！"当然，这是后话，不提也罢。

当我终于沿着高速公路，走向绮丽的西藏之梦时，我心花怒放。

我快乐地徜徉在浪迹天涯的感觉里，我新奇地发现农田的碧绿，小鸟的飞翔，我仿佛重生，浪迹天涯的绝妙梦想终于实现了。

然而，我却日渐发现一个残酷的问题，这是再现实不过问题，以至于我两周后就掉头往回开，一个月后就返回了出发的地方。因为，一个人的路途中，我开始有了一个新的梦想，而且是一个更加急切、更加绝妙的梦想——回到人群中。

因为，我想念，想念熟悉的嘈杂、熟悉的灯光、熟悉的声音、熟悉的关怀，甚至连熟悉的争执和不快乐我都想念，我想家，怀念熟悉的一切，我更加绝妙的梦想就是——回归原本属于我的生活。

那是我人生最重要的一次尝试，它让我终于明白，为什么人们都要去旅游，而再长的旅游也只不过是旅游了。

回来的路上，我终于发了一个短信给我的好同学陈钰："曾经，有一份真挚的感情放在我面前，我没有珍惜，如果再给我一次机会，我愿意说'爱你一万年'。"

当然，我的父母当时并不知道我要去西藏，他们以为，我和同学一起去旅游，我告诉他们的路线，连省都没出。

当然，我和陈钰，最终也并没有相爱一万年。

只是，我终于知道，浪迹天涯真的只是一个绝妙的梦想。

虽然我以后还会抱着这个梦想入睡，但是，梦想终究是梦想，泰山还是在电影里飞来飞去的好。

你我皆凡人，最终还是要生活在人世间。

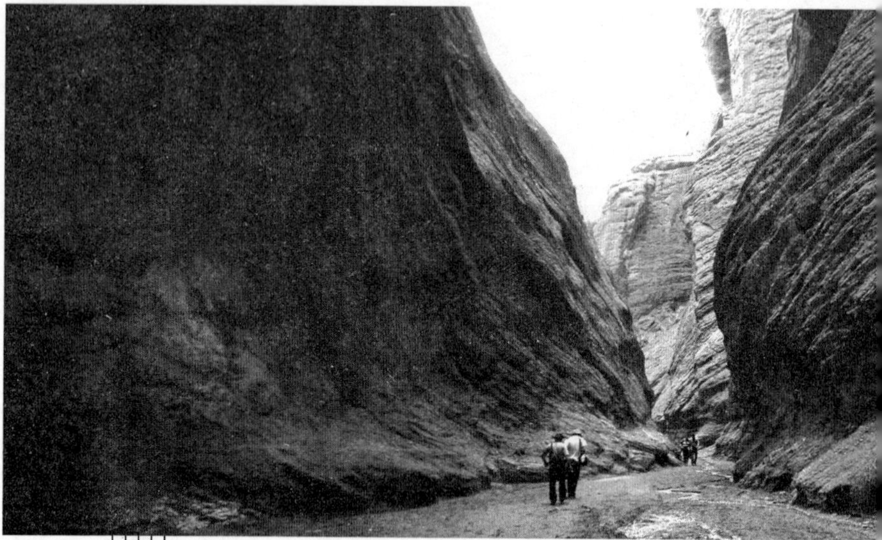

Part 4

世界再大,
也有归途

愿得一人心，白首不相离 ◎

老米爱吃花生米，名字里又有个"米"字，大家都管叫他老米。

那时我在电视台做记者，办公室里都是25岁以下的靓女，"超龄"记者就我和老米两个。一到饭点，老米就拉我去军博对面的小胡同里吃饭。

老米有酒瘾，即便下午有采访，中午也要就着两袋老奶奶花生米，喝下一瓶8块钱的牛栏山二锅头。

有一次采访，中午路过我家，拉老米回家吃饭，他竟然把我妈用来消毒和治疗烧伤的那瓶八几年的老汾酒一口气给喝光了。

酒瓶见底的时候，我摘下眼镜，低头擦镜片，不是因为屋里太热、蒸汽太大，而是因为我的眼里饱含了泪水。

因为老米喝高了，给我讲了个故事。

为了不让这个故事失真，现在，我将老米的故事原原本本地记述在这里。

我很小的时候就知道，母亲是父亲追到手的。母亲常常唠叨，说父亲见到她的第一眼，就被迷住了，还说父亲为了追到她，半夜从部队跑出来坐火车去看母亲，最后肩章上被捋掉了一颗星星。他们的生活不算幸福，母亲出身书香门第，只喜欢读书写字，而父亲17岁就当了兵，读报纸都会遇到不认识的字。他们常常吵架，母亲为了芝麻大点的小事就大发脾气，急了还摔东西，哭闹着捶打父亲，说自己委屈，瞎了眼嫁错了人，要啥没啥，毛病傻大，父亲总是陪着笑脸听着受着。

父亲的确是个普通的军官，但在我眼里，他却是我家的顶梁柱。

母亲不会做饭，不会做家务，从我记事起，父亲就属于厨房。小时候住集体宿舍时，厨房在屋子外，每个周末父亲从部队回来，都从早到晚地在屋子外忙碌。父亲的饭做得极好，每次母亲和父亲吵架，父亲都会闷闷不乐地躲进厨房去熬汤。母亲也奇怪，就喜欢喝汤，无论吵得怎么伤心和委屈，香味四溢的汤一端进屋，她马上就止住了哭声，坐到了饭桌前。虽然父亲远在河北，只有周末回家，可家里事无巨细全由父亲操心，母亲只看书写字，给我讲人生的大道理，却不负责她自己和我的饮食起居。每个周末结束时，我家的冰箱里都会盛满食物，水杯和水壶里也都盛满了热水。接下来的五天里，母亲唯一需要做的事，几乎就是把食物放到笼屉上热一热。

高三那年,父亲为了更好地照顾我和母亲,经多方活动调到了北京。和父亲朝夕相处的一年中,我深切地感受到他们不平等的爱情。

每天早上,母亲和我还没起床,父亲就会爬起来给我们做早饭;晚上,父亲忙碌着把饭做好后给我们端过来。父亲偶尔有病,母亲会烦闷地赶他去医院,自己则在家里埋头读书;而母亲一旦说哪里不舒服,父亲就会诚惶诚恐,哄孩子般哄母亲把药吃进去。

母亲喜欢数落父亲,总说自己的新书挣了多少稿费,说父亲怎么没用,最要命的是母亲还常常跟父亲说,"昨天,某某请我吃饭,他比你强多了,要不咱俩离婚算了"。而每次父亲听了这话,只有一个字"好",然后就若无其事地接着做他的饭去了。

我上大二时,父亲住院了,得的是肝癌,发现时已是晚期,听到这个消息我都傻了,第二天就从武汉坐火车回了北京。这一次,母亲破天荒地去了医院,不再读书写作,而是陪在父亲的病床前。

看到母亲时,我有些恨她,虽然她比父亲的知识多,虽然许多生活的道理都是母亲告诉我的,但站在父亲的病床前,我还是觉得她渺小而可恨。这二十多年来,如果她能够替父亲分担一些家庭的重担,也许父亲就不会病成这样了。那天,我和母亲大吵了一架,我冲着母亲大叫:"你以为你挣了钱就了不起了?没有我爸,你有再多的钱都没用!"

在父亲病危前倒数第三个月,他提出回家住,我坚决反对,而母亲却不顾我的反对,搀着父亲回了家。

回家后,父亲做的第一件事,就是围起围裙进厨房,无论我怎么阻拦,他还是坚持要去做饭,母亲却始终没说话,靠在厨房的门上,看着父亲为她做饭。

我急得都快哭了,冲着母亲叫嚷:"爸给你做了一辈子的饭了,难道你就不能看在儿子的份儿上饶他这一次,自己做顿饭吗?"

母亲没理我,父亲也没理我,老两口就像过去的几十年一样,一个闲着,一个做饭,看得我心都碎了。

父亲行动缓慢,做了很长时间,最后,母亲竟然生气了,冲着父亲发火:"你个没良心的,难道你真的不愿意给我做饭了么?你说过要给我做一辈子饭的!"然后哭着躲进了卧室。我忍无可忍,可父亲却还跟从前一样,颤悠悠地把汤端上了桌。

不过这次,母亲很长时间没有走出卧室,父亲就拿着扇子端着汤朝卧室门缝里扇,渐渐的,香味弥漫了整个屋子。母亲走了出来,抽抽搭搭地坐到了餐桌旁,喝了起来。

父亲只为我和母亲做了五顿饭。三天后,我和母亲把父亲重新送进了病房。父亲病痛中所有的饭菜都是奶奶做的,所有的衣物都是我洗的,母亲就整日坐在父亲床边给父亲读她自己写的书。我曾听见母亲这样对父亲说:"老伴呀老伴,以前你从来不看我写的书,现在你病了,就好好听我给你读书吧,这书里有你也有我呢。"

父亲走时，只有一句话留给我，"毕业后回北京,给你妈做饭"。而给母亲也只有一句话，那就是"老婆子，你爷们走了,以后再也不能给你做饭了"。为了这句话，母亲整整哭了一个星期，不吃不喝，谁也劝不住，反复说一句话："你说要给我做一辈子的饭，怎么还没到一辈子，你就走了。"

父亲走后，母亲就搬到奶奶家，和爷爷奶奶一起住了。奶奶也做得一手好饭，母亲总算又能喝上自己喜欢的汤了，精神也就渐渐好了起来。

大学毕业后，我回了北京，和母亲生活在了一起，我这才渐渐发现，原来，母亲一直是那样依赖父亲，在母亲心里，父亲其实并没有走。

我分配到西城区一个事业单位，就劝母亲搬出去，到西城我家的老房子去住。母亲说，给她一个晚上的考虑时间。

那天半夜，我听见母亲的房间里传出呜呜的哭声，我从门洞看进去，母亲正坐在父亲的遗像前哭泣，手里拿着一枚一元钱的硬币。母亲对着父亲的遗像说："儿子让我跟他搬回去，可是我不想离咱妈那么远呀，咱妈做的饭就像你做的饭，搬回去，没了咱妈做的饭，我就找不到你了呀。"最后，母亲把那枚硬币抛了出去，我看不到结果，因为眼睛已经模糊。

为了我上班方便，母亲还是决定搬回西城，我天天上班忙，没有太多时间给已经退休的母亲做饭，常从饭店买点菜带回家给母亲吃。

有一天堵车，我回去晚了，进屋时，竟然看见母亲在厨房做饭，笨拙地切着土豆片，泪水挂在腮边。我突然间想起父亲临终前的话，"给你妈做饭"，眼泪渐渐地湿润了眼眶。

父亲过世的第四年，一个周末，我跟母亲说："要不您也再找个合适的老伴，免得我上班了，您一个人在家闷得慌。"

母亲听了我的话，竟然不知所措。

我忙笑着安慰母亲："您别着急，我说的是真的，您原来不是说单位里有比爸更好的老头吗，要不您也带家来我看看？"

我是笑着跟母亲说的，可是母亲却哭着躲进了自己的卧室。从此，我再也不敢在她面前提找老伴的事了。

父亲过世的第六年，母亲终于追随父亲而去。

临终前，母亲说："把我所有的书和你父亲的遗像一齐烧了吧，让他和我一起走。"母亲去世的那天晚上，我流着泪看完了母亲出版的最后一本书。我和父亲一样，几乎从来没有认真看过母亲写的书。而直到此时，看完了母亲的最后一本书，我终于明白，母亲原来是那样的深爱着父亲，依赖着父亲，只不过，爱的方式与众不同。

故事里的"我"，讲完这个故事，仰面长叹，最后说了这么一句话："什么叫生死相守？什么叫直教人生死相许？我看都比不过一餐一饭一辈子。"

那年清明，我陪老米去给他老爸老妈上坟，望着老米把一束白菊放在坟头，我忍不住想起两个词：死生契阔，生死相守。老米的父亲和母亲也许并不是人世间最合适的一对夫妻,他们有着不同的生活目标和生活方式。然而,他们却靠着一餐一饭生活了一辈子,靠着一句关于做饭的诺言生死相守。

灯红酒绿的大北京,这样的爱情,很难看见,很难听见了。

生命不能承受之爱 ◎

当火车开入这座陌生的城市,那是从来就没有见过的霓虹。

我打开离别时你送我的信件,忽然感到无比的思念。

不夜的城市,我听见有人欢呼有人在哭泣。

早习惯穿梭充满诱惑的黑夜,但却无法忘记你的脸。

有没有人曾告诉你,我很爱你,有没有人曾在日记里哭泣。

这是高林生最喜欢的一首歌,在七楼的那几年,高林生常常唱着这首跑调的情歌,和我们一起打牌,一起撸串,一起撒野,一起在七楼的楼顶看夕阳,狂呼乱叫。

高林生考上公务员,搬离七楼的那一天,我看见他将一堆抛弃的杂物扫出房间。随即,又在垃圾堆里翻啊翻,翻出了一个厚厚的大信封，裹进了宽大的外套里。

那个下午，高林生遍寻不见，老幺说："这小子，不会是做大保健去了吧？"

英子狠狠地瞪了老幺一眼："人家可没有你那么恶俗！"

老幺咧嘴笑，说："谁知道高林生藏着什么猫腻，老五不还偷着玩《鬼畜眼镜》吗，他高林生能闲着？"

然而我却不相信老幺那活色生香的预言，高林生从垃圾堆里翻出那个陈旧的厚信封时，神色凄然。

七楼的兄弟姐妹里，最聪明的，是高林生；最有城府的，是高林生；最不近女色的，还是高林生。

一起在一个屋檐下住了那么多年，从没见高林生和任何女生有过密切的来往，即便是后来遇到了七巧，也完全是不得已而"从之"的架势。

当然，老幺和老五私下里，也怀疑过高林生的性取向，但是很可惜，他也从未和任何男生有过密切的来往。所以，在我们看来，高林生就是柳下惠。

那天，高林生其实并没有藏起来，他不过是躲在七楼楼顶，电梯设备后面的小屋里喝闷酒而已。不过因为要爬过梯子，翻过一道墙，才能进入那个没顶的小屋，所以我们没有找到他。

最后，老五发现了他，据他说，本想躲到那个没顶的小屋里，去感受一下站在摩天大楼上打飞机的畅快，却发现高林生仰面朝天躺在地上，身边躺着一瓶空空如也的"红高粱"，一地信笺。

入夜，老幺和老五把高林生搀了回去，高林生迷迷糊糊地呼喊着："'小白腿'，我爱你！"

高林生的那些信笺，就那样散落在楼顶的风中，直到不久后，我到楼顶去吹长笛，怕初学者蹩脚的噪声吵到了四邻八舍，斗胆爬进了那个没顶的小屋，才从那些已经被雨水模糊了字迹的信笺中，拾回高林生曾经的爱情故事。

那是三十六封残缺不全的情书，根据时间顺序和上下文的衔接，显然已经被风吹走了几乎一半。然而，纵然只有这些斑驳的旧情书，我依然能够看到那个少年，那个一次次在上帝面前跪着恳求，恳求赐他一分力量，冲破一切阻碍，去拥抱那个叫作"小白腿"的台湾女孩的少年。

很多年后，直到这篇文章动笔之前，我才敢斗胆去戳一戳高林生心底那深藏的秘密，去验证当年自己的推断是否正确。多年后的高林生，听到我提到"小白腿"时，面部突然抽搐了一下，随即，面无表情地说："你写吧，反正，她早就走了。"

高林生其实原本是那样一个少年，聪慧、顽皮、张狂、不羁。这样的性格，加上一张粉白的面孔，自然是招人眼。

高林生来自甘肃金川，在认识高林生之前，我只知道银川，从未听说过金川。高林生的父母都在金川镍矿工作，在他们离开这个世界之前，高林生也算生活在小康之家。

高林生从小学到初中，一直都是人尖，是那种站在背后，指挥小兄弟们打群架；躲在教室里，怂恿小伙伴去偷老师的试卷；

每次考试都拿第一第二，每次评先进学生都有他的人尖。

在高林生初二那年，班里来了一名插班生。台湾女孩，父亲是矿上请来的工程师。女孩喜欢穿及膝的裙子，白色的丝袜，所以大家私下里都管她叫"小白腿"。

男孩们私下里常常讨论，是"小白腿"的腿细，还是她的麻花辫细。

高林生也不能免俗地被"小白腿"吸引了目光，只要有"小白腿"在，他就忍不住想要大声指挥小伙伴，忍不住想要在"小白腿"面前做点什么，好引起她的注意。

"小白腿"却似乎对谁都不感冒，从来都是独来独往。直到有一天，高林生拿到了她满是红色叉叉，只有59分的数学试卷，才想到了吸引她的好主意。

身为学习委员的高林生，通知大家，这次数学考试不及格的同学，放学后留下，一帮一订正错题。同时，高林生还安排了相应的同学，帮助所有不及格的同学。当然，他给自己安排的帮助对象，就是"小白腿"。

在高林生写给"小白腿"的第一封情书里，还特意将那次美好的经历描绘了一番。当时年少春衫薄，心有所动语还羞。只好书信一封，向"小白腿"表达自己的倾慕之情。

只可惜，根据高林生的第二封情书可知，"小白腿"并没有回信。

事实上，高林生的前五封信，"小白腿"都没有回。直到第六封，"小白腿"才回了一封，不过必然只是薄薄的一张纸，要不高林生也不会在第七封信里,说"小白腿"一字抵千金。

不过千金"小白腿",显然并没有动心,尽管高林生在信里一次次说,他感谢上帝的安排,恳请上帝赐予他机会,让他们能够手牵手,奔向灿烂的未来。

哦,高林生还是写得非常隐晦的,毕竟那个年代,那个年纪,一切都是那么朦胧,那么美好。

那个时候,男生们感兴趣的话题,除了"小白腿",就是老五家的小电影院。

高林生和几个要好的铁哥们,最爱去老八家的小电影院看电影。

说是小电影院,其实就是学校后面胡同里的一个小院,专门给学生们放投影。

老八和高林生一个学校,比高林生高一届,在家里排行老八,所以被大家唤作老八。同学们和老八都很熟,有时候为了省张票钱,从家里拿了好吃的,贿赂老八。

老八家的小电影院,放过成龙的《红番区》《警察故事》,还放过《少林寺》《神秘的大佛》和《银蛇谋杀案》,连高林生都逃不过小电影院的吸引,一有新片,就带了小兄弟们去看。

老八家为了吸引学生,有时候到了后半夜,会放三级片。当时三级片很少见,这些半大小子都很稀罕,所以常常为了看一部这样的片子,从家里偷跑出来,熬到后半夜,看完了才悄悄溜回家。

而一有这样的新片,老八就会告诉大家,让大家去他家看。

后来学校里有几对谈恋爱的，越了雷池，都是受老八家的小电影影响。

有一次，期末考试后，高林生和几个小兄弟去老八家看通宵。

那天后半夜，放了好几部三级片。

反正大家都放假了，家长们也不怎么管这帮半大小子了。看完的时候是早晨5点，天还没大亮，几个热血沸腾的男生就商量，去哪儿接着玩。

突然有人说，刚才电影里那个女孩，像不像"小白腿"。

大家七嘴八舌，这个说腿有点像，那个说，眉毛有点像。

于是半大小子们走了心思，决定去"小白腿"家附近，等"小白腿"。

等"小白腿"干吗？

他们谁也说不清楚，就是想去看看"小白腿"，偷偷地看看他们心中的女神。

"小白腿"家住在别墅区，很深的院子，这些毛头小伙藏在花坛深处，还真就等到了"小白腿"。

"小白腿"穿得很随意，在晨光里，围着别墅区跑步。

那是高林生最开心的一天，高林生在给"小白腿"的第八封情书里，提到了这一情节。他说他看到她，宛如看到初升的太阳，蓬勃着，蹦跳着，奔向光明。

中考前，学习紧张了起来，高林生再也不去老八家的电影院了，他下定决心要考第一，为了证明给"小白腿"看。

事实上当时高林生已经知道，除了他，还有好几个男生给"小白腿"写信，他决定，以自己的优秀，博取"小白腿"的青睐。

然而，就在中考前，"小白腿"出事了。

那一天下了晚自习，"小白腿"的父亲没有接到她，等大家张皇地找到"小白腿"时，发现她躺在老五家前面的小胡同里……

为了这件事，高林生差一点没有参加中考，他发誓，要把祸害"小白腿"的人找到，灭了他！

"小白腿"在那件事后，就退学了。

高林生听说她病了，是心理疾病，不敢出门，天天躲在家里哭。

高林生的第八封情书，真的就成了明目张胆的情书，他穷极所能，把所有美好的词汇都堆砌在信纸上。

而在那件事后，给"小白腿"写情书的，也只有高林生一个人了。

从那以后，高林生再也没有去过老八家的小电影院。

在高林生的第十六封情书里，可以发现，他去了"小白腿"家，用自己假期打工赚来的钱，给"小白腿"买了一只一人高的毛毛熊，放到了"小白腿"家的花园里。

从高林生的第十七封情书里，可以得知，"小白腿"渐渐接受了高林生的安慰，给他回信，说自己要回台湾了，求他忘记自己。

在第十八封情书里，高林生显然已经把"小白腿"当成了"自己人"，把"小白腿"的回信藏在怀里，鼓励"小白腿"走出家门，鼓励"小白腿"面对这个世界。

再后来，高林生在信里对"小白腿"坦白，自己爱她，很爱她，不管她曾经经历了什么，他都愿意和她在一起。将来，自己会赚很多钱，买和"小白腿"现在住的别墅一样的房子，和她住在一起。

高林生还在后来的信里，对"小白腿"讲了另一个女生的故事，那个女生和男生越了雷池之后，就变成了另外一个人，总会和男孩子们一起去看通宵，然后和很多男孩在一起。高林生在信里对"小白腿"说，一个女孩，只要你的内心是纯洁的，不管你经历了什么，永远都是纯洁的。

然而，最后一封信，却让高林生的故事就此留下悬念。

高林生在最后一封信里，约"小白腿"在别墅区附近见面。

然而这封信，却是我能够看到的，最后一封信。

很多年后，我戳开了高林生的故事。

高林生没想到，我会看到那些信，也没想到，我会真的去追问后来。

他苦笑着说："后来？她父亲发现了她给我的回信，把她锁在了屋子里。她从别墅二楼的窗户爬出去，摔断了腿。"

我沉默了很久，可故事并没有结束。

高林生抬起头，第一次，我看到他的眼中有泪光："其实，即便是她摔断了腿，我也还是愿意和她在一起的。那时候我的父母已经在矿山事故中没了，都没了，所以'小白腿'是我唯一的人生寄托。我去找他的父亲，我说我要去娶她，我要照顾她一辈子。她父亲对我说，带她来大陆，就是一个错误。她父亲还说，我连自己的未来都一无所知，怎么可能照顾她。当时我不肯走，最后，她父亲举起了门后的大雨伞,狠狠地说,都是你们这些男生害了她,要是再让我看到你,我就打断你的腿。"

我沉默,这个故事的结局,似乎有些超乎我的想象。

"后来呢,她回台湾了么?"

"是的。"

"你们再也没有见过吗?"

"见过,最后一面。"高林生沉重地点点头。

后来,"小白腿"回了台湾,养好了腿。

过了三年,就在高林生上大学之前,"小白腿"随父亲回了趟金川,因为警方要她指证当年玷污她的男人。

那日,"小白腿"通过旧日的女同学,给高林生传了一个口信,约高林生在她和父亲落脚的酒店里见面。

高林生说,听到那个口信的那一刻,他真的是又惊又喜,可真到了约定的时间,他竟然紧张得要命,甚至害怕起来。

他不知道自己当时为什么那么害怕,很多年后,他一直在责问自己,如果当时自己的态度积极一点,热情一点,"小白腿"是不是,就不会……

高林生说,那一天,他忐忑不安,走进酒店之前,他设想了无数种可能。

"小白腿"喊自己来,究竟想说什么?

仅仅是见一面,说说话么?

"小白腿"的爸爸在不在?

"小白腿"指证了那个男人么？

那个男人又是谁？

"小白腿"会对自己说"我爱你"吗？

高林生说，那一天，他从未如此慌张，总觉得有什么不好的事情要发生。

他到达酒店的时候，"小白腿"真的就在约定的房间等着他。

他推开门的时候，"小白腿"回过身，冲他笑，那一瞬，他真的想冲过去，拥抱她。

很多年后，高林生跟我讲起这最后的细节时，叹了口气，说："其实，我并没有自己想象的那么勇敢。"

高林生小心翼翼地走进去，站在"小白腿"对面，尴尬地笑，内心狂热。

两个人就那么站着，对望着。

高林生说，那是他人生中最完美的时刻，也是命运的暴风雨来临前，最安静的美好。

就在对望即将结束时，"小白腿"递过来厚厚一打信笺，高林生机械地接过来……

突然，"小白腿"的父亲出现，他拎着一把大雨伞。高林生一下子就怔住了，他进来的时候，明明没有下雨啊。

高林生突然就想到了两年前，"小白腿"的父亲所说的那句话，转身就跑。

很多年后，说到此时，高林生忍不住长叹一声。

就这样,高林生跑出了酒店,刚过马路,就听见身后有刺耳的刹车声,回头一看,"小白腿"穿着漂亮的裙子,躺倒在车轮底下……

天空,正下着小雨。

人生很多时候,谈不上对错。年少的时候,我们也许太高估了自己的勇气,也许太低估了自己的爱情。

当火车开入这座陌生的城市,那是从来就没有见过的霓虹。

我打开离别时你送我的信件,忽然感到无比的思念。

不夜的城市,我听见有人欢呼有人在哭泣。

早习惯穿梭充满诱惑的黑夜,但却无法忘记你的脸。

有没有人曾告诉你,我很爱你,有没有人曾在日记里哭泣。

我突然就明白了,为什么物理系研究生高林生同学,最终会选择警察这份职业,这绝非我的臆想吧。

最后,我想替当年那个叫作高林生的少年高喊一句:"'小白腿',我爱你!"

但愿天堂里的你,听得见这沉重的呼唤。

我和超人的锦绣素年　◎

　　在 2003 年，北京房价开始从蹲伏的姿态向上生长的时候起，安子同学就做过"售楼小姐"的梦想。可惜，安子同学始终不能够舍弃手上的笔，于是，售楼小姐始终是一个未能实现的梦想。不过，倒是因为买房，有机会认识了很多售楼小姐，也听来了许多故事，当然这些故事不都和房子有关，安子喜欢听的，还是人生的故事。

　　下面这个"我"，就是售楼小姐中比较幸福的一个。当然幸福的定义各有不同，只是在这个"我"看来，收获了爱情，就是青春岁月里最大的幸福。

　　这一天，我和几个同事傻傻地站在北京的街头，手里拿着公司新楼盘的宣传单，看着来来往往的人群，上演街头派单秀。

　　都是那名叫李勇的新经理害的！

还没正式上任，李经理就下了一个令人郁闷不已的命令，要我们这些时尚漂亮的售楼小姐站在大街上派发宣传单，还美其名曰与时俱进，让我们多了解一下目前购楼者的群体特征，好有的放矢地调整自己的销售方法。

谁不知道，北京的楼市求大于供，看着以火箭速度上升的房价，别的开发商都把房子捂着卖，他却要我们与时俱进，真是非常六加二，多此一举。

我忽然对他很感兴趣，同时暗想，他会不会像李咏一样，长了个马脸？

我正边想边忍不住发笑，突然被一个不知从何方冲来的人撞了一个踉跄，还没等我站稳脚跟，那个身影就飞一样跑了过去，我刚想破口大骂，却被后面一个跟上来的男人又撞了一下，他还急匆匆地冲我叫嚷："还不快追，你的手机！"随即自己先往前追了。我猛地一激灵，朝口袋里一摸，手机没了！

神经迅速紧张起来，我跟在那个男人后面，开始以手机作为金牌的百米冲刺。可惜刚跑出第一步，高跟鞋跟就掐在了下水井盖上。没办法，情急之下，我只好光着脚继续往前追。正当我跑得上气不接下气时，谢天谢地，那个撞我的男人拿着手机朝我冲过来："嘿，你快过来吧，抓住了！"

他把手机放在我的掌心，我对他绽放出了灿烂的笑容，可是"谢谢"两个字还没出口，他却转身走了，然后拿着我的倒霉的高跟鞋回来了。

我低头，看自己那只脏巴巴的脚，恨不得钻到地洞里去。我想，我的脸一定红得像番茄。

我在穿鞋时，他接过我手上的宣传画册，低头念了一下我的名字：陈圆圆，然后，他笑了起来，这个名字起得好，吴三桂在哪儿呢？

我又脸红了。

回到公司才知道，这个英雄就是我和同事口中的非常六加二李勇。

国庆期间出去旅游，到灵隐寺求了一签：诸事不顺。

我马上想到上星期的非常六加二事件，莫非这是不顺的开头？

我的心情有点坏，于是回到家，我逮着洋洋就是一顿猛剋，从他花里胡哨的脸蛋骂到他脏巴巴的球鞋，特别是鞋，我做了重点点评，简直恨不得给它扔出去。

可怜的洋洋，成了我的出气筒。洋洋是姐姐的儿子，暂时"保管"在我家。

周末，跟男友萧黎一起逛街，洋洋非嚷着让我带上他，还夸口说，孩子的眼睛最清澈，能看到大人看不到的真实面目。反正他一个人在家我也不放心，于是就拖着这个小尾巴去了。

一路上，我费尽力气求了洋洋半天，还许诺了他一顿麦当劳，一辆玩具汽车，他才终于答应保持沉默。然后我拉着萧黎的手，甜蜜地靠在他的肩膀上，尽情享受浪漫时光。

萧黎是我花了几个月的工夫才攻克的钻石男，闺密们都羡慕我运气好。

确实,萧黎是个不可多得的好男人。公务员,开七系宝马,系金利来领带,穿七匹狼袜子,很精致的男人,绝对是个结婚的好对象。

我们把洋洋放在了商场一楼麦当劳的儿童乐园里,就手牵手亲密地逛了起来。

萧黎坐在沙发上,懒洋洋地看着我,我正在试穿一件灰色羊毛连衣裙,虽然这种暗淡无光的颜色我极不喜欢,但是萧黎却坚持要我试,他还非常深沉地说:"你这个年纪的女人,穿这样的颜色才合适。"我心里一万个不满,我什么年纪?不就是刚二十五吗?也犯不着穿道袍装稳重啊?

就在我刚把道袍套进脖子时,耳边突然响起洋洋的哭喊声。

我没来得及脱下道袍,就慌慌张张地跑下楼去看洋洋,洋洋正哭喊着和一个小朋友打架,我上去拉架,不想却被两个大人狠狠打了两拳,眼冒金星之间又想起那句话:诸事不顺。

原来洋洋掉了一块巧克力,那个小朋友捡到了,洋洋想抢回来。可惜对手小朋友是大力神,而对手的父母又是蛮不讲理的夜叉,所以,结果就是刚才那幕了。

我以为萧黎会下来帮我,于是就理直气壮地黑着眼圈立在那对夫妻面前,可洋洋嗓子都哭哑了,萧黎还是没有出现。

一个熟悉的声音及时地响了起来:"陈圆圆,你怎么了?"天啊,是非常六加二。

我像见到了救星,拉着洋洋一下子站在了他的身后。

洋洋说,非常六加二就是从天上下来的超人。超人不仅打败了那两个大人,还帮洋洋抢过了那块已经化成黑泥的巧克力,最后带着我们这一大一小两只斗败的公鸡去了医院。

萧黎竟然连招呼都没打,付了道袍的钱就临阵脱逃了,好容易拨通了他的电话,电话那边懒洋洋地说:"跟着小孩子打架,太没品,我懒得去看,我又不是临时爸爸。"

接电话的时候,那个没穿红裤衩的超人一直站在旁边看着我。

非常六加二从此在我眼里变成了超人,而且是上天赐我的专职超人。虽然他目睹了我的脏脚丫和熊猫眼,但是如果没有他从天而降,我恐怕就真的要诸事不顺了。

几天后,我走进办公室,却见桌子上赫然站着一枝红玫瑰。我马上心花怒放起来,冷战几天的萧黎终于向我投降了!

一整天,我都魂不守舍,连超人午餐的时候端着饭盒过来跟我坐一张桌子,我都一脸的恍惚,连他说了什么,我也没听到。

下班回到家我正在镜子前化妆,准备打扮得美美的去找萧黎,结果洋洋在客厅里一声高叫,害得我把眼线画成了熊猫。我狂飙过去,准备把他扔进他的小屋,结果却看见,他从我包里掏出的玫瑰花,在他的蹂躏下,变成了一条妩媚的红内裤!

我一下子惊呆了,死板的萧黎,是绝对不会送这样"有创意"的礼物的!

那么,是哪个促狭鬼逗我开心,把内裤折成玫瑰来逗弄我这个未婚女青年易动的春心啊!洋洋却乐得直翻跟头,大叫:"超人有红裤衩穿了!"

洋洋一句话石破天惊,我的心也咯噔一下掉进了异域空间,飘忽起来。中午超人端着饭盒去找我的时候,仿佛说过:"玫瑰花好看吗?"我以为他早上来的时候看到了我桌上的玫瑰,就没在意。

莫非,莫非是超人送的玫瑰花?

想起他那含情脉脉的眼神,也不是没有可能。可是,天呀,他会喜欢我吗?

第二天去上班,我忐忑不安地进了公司,准备鼓起勇气问一下非常六加二,玫瑰是不是他送的。

说句实话,李勇这个人真不错,三十出头,英俊,单身,毕业于名校,工作历史辉煌,这些都是我从八卦的女同事嘴里听来的,如果我没有萧黎,我一定对他有非分之想。错,有了这冷漠的萧黎,我照样对他想入非非。

可是一天过去了,也没有看见超人出没,一打听,原来他出差去了,要半个月才回来。我突然觉得好失望。

这半个月,萧黎依旧每个周末打来电话,约我出去吃饭,可我总是心不在焉,一则是因为心里藏了个非常六加二;二则是因为萧黎拒绝我带洋洋去,他说不想做临时爸爸。这让我很不安心,远在澳大利亚留学的姐姐姐夫,就这么一个宝贝疙瘩,我怎么忍心把他一个人扔在家里过周末。诸多因素综合起来,我开始觉得萧黎不顺眼起来,一个连孩子都容不下的男人,会是生活佳侣么?半个月里,我每天都心神不宁,路过超人的办公室时,眼巴巴地看着紧锁的门。

终于等到他回来了,我却像只害羞的兔子,不知道该如何去表达了,只怕自己自作多情,被他嘲笑。

那天晚上回到家,洋洋竟然正穿着那条红内裤,披着我的大披肩,在屋里扮超人,我狠狠地把他扔到了沙发上,三下五除二就扒下了那条红内裤,哼,小样儿,敢拿我的宝贝!不过,看着洋洋,我突然就有了主意,既然非常六加二是愿意帮助小朋友抢巧克力的超人,那么就一定不会拒绝跟小朋友有关的要求。

第二天中午,我着急着慌地找到李勇,神色紧张地说,"经理,我想跟您商量点事情",我的惶恐吸引了非常六加二的注意力,他忙问我,"怎么了?你说?"我都快哭出来了,"您还记得上次那个孩子么?就是您在商场里帮助过我那次?""哦,那个孩子怎么了?""保姆打来电话,说洋洋突然肚子疼,在地上打滚,我得跟您请假,回家带洋洋去看病。""哦,那快去吧。""我,我还想跟您借点钱,上个月的工资我差不多全花光了,不知道带洋洋看病要多少钱,您看您方便不方便借我一点?"非常六加二二话没说,掏出了钱包,"我这儿有两千,你看够不?"我忙说"够"。

接下来,我的台词是"您看您能不能派人送我一趟?"因为我们售楼处距离大路比较远,有很长一段路鲜有出租车,走到大路上至少要二十分钟。我的小算盘是,如果超人真的对我"非常"

有意,就会说"我送你吧",因为我早就探听好了,下午2点,他要赶到国际酒店去开新盘发布会。可还没等我开口,超人同志竟然自主自觉地提出"你一个人带孩子,真不容易,我听说你没有爱人,要是需要,我可以暂时充当一下洋洋的爸爸,陪你带洋洋去医院"。

首先,我要声明,孩子不是我的,是我姐姐的,暂时由我保管;其次,我不仅没有爱人,而且没有男朋友;再次,也就最重要的一点,你不用充当洋洋的爸爸,但是你可以向我的未来的孩子他爸发展。在超人的车上,我不管三七二十一,竹筒倒豆子。你爱怎么想就怎么想吧,反正我是陈圆圆我怕谁?

超人真的是超人哦,他非常勇敢地接受了我所交付的第三个任务,准备以神舟八号的速度飞向孩子他爸这个目标。

当然,在医院里,超人还是做了洋洋的临时爸爸,并且非常认真地揭穿了洋洋和我的小伎俩。

然后,"气恼"的超人,带着我和洋洋离开医院,奔赴国际酒店。

嘿嘿,有超人做临时爸爸,洋洋很开心;有非常六加二做新男友,我那位叫萧黎的旧友,也大可不必再有被当作临时爸爸的烦恼了;而我,什么也不必想,跟着所向披靡的超人奔赴未来吧。

你是我的姐妹，你是我的 Baby ◎

首先声明，这个故事里的"我"不是我，写下这个故事的原因是感动。

李大妈是我的养母，说是养母，其实是保姆。我父亲是森警，常年在东北林区工作，母亲是武警黄金部队的地质勘测员，常年在大山里挖金子，所以从两岁起我就住在李大妈家。

小时候，只要我一哭，李大妈就把我抱在怀里，把自己的大奶子使劲塞到我嘴里，我马上就不哭了，开始吮吸，虽然从来也没有吸到过一滴乳汁。我最喜欢的就是和李大妈一起睡，每天晚上我都枕在李大妈的怀里在大床上睡觉。而大床的旁边，是一张单人的木床，李大妈的丈夫吴大伯住在小床上。

李大妈最喜欢跟我讲她年轻时的故事，李大妈说她 20 岁的时候,是桃园最漂亮的姑娘之一,李大妈的爸爸李爷爷是桃园的支书,小伙子们总是借口找李爷爷来看李大妈。每次李大妈给我讲到这里的时候我都喜欢问,那最漂亮的姑娘除了你还有谁,李大妈就不讲了,把大屁股从板凳上挪开,做饭去了。

原来的桃园村如今变成了桃园街,街口一溜小店,把头的是个卖烧饼的小铺,除了李大妈我最喜欢的就是卖烧饼的王大妈了。王大妈人好看,做的葱花饼也特别香,对我更好,只要我从王大妈门前过,她肯定会叫住我,给我一块刚烙好的葱花饼吃。不过李大妈不喜欢王大妈,只要看见我拿了葱花饼,一定会恶狠狠地甩给王大妈五毛钱,然后扯着我回家。李大妈跟我说,王大妈是狐狸精,看一眼就能把人的精血吸走。

大点儿之后,我从桃园的叔叔婶子那里听说了李大妈和王大妈的故事。原来,李大妈和王大妈就是当年桃园最漂亮的两个姑娘,她俩不仅一样的漂亮,而且还是一墙之隔的邻居,两人从小就好得跟一个人似的,一起吃一起睡,连洗澡都一个澡盆,后来一起上学一起进工厂。

可王大妈22岁的时候,王大妈的父亲王爷爷遇了车祸,撞他的司机撞了他之后连人带车都栽到河里淹死了。而王爷爷在医院里花了好多钱,后来又瘫了两年,就走了,留下了王大妈的母亲、王大妈和她的弟弟娘仨,以及看病欠下的三万多的债。

因为家里实在没法子过下去,所以王大妈的母亲就做主把王大妈嫁给了乡里最富的人家,养牛大户陈三贵的儿子陈洪发。

据说当年王大妈舍不得李大妈，不肯出嫁，最后陈家在桃园买了房，让王大妈和丈夫继续住在桃园，让王大妈能够天天看见李大妈，她这才同意嫁了。

可从我记事起，从来都没有看见李大妈冲王大妈笑过，每次李大妈走过街口王大妈的烧饼铺，都直愣愣地仰着头往上看，从来都不看王大妈一眼。有几次我偷偷跑到王大妈铺子里玩，都被李大妈捉回去狠狠打一顿。我很难想象，她们当年曾经是那样好的一对。

从我第一次见到王大妈，她就一个人过日子，每天早上一个人开门，晚上一个人关门，一整天就一个人坐在烧饼铺子门前。

王大妈很漂亮，弯弯的眉毛，红红的嘴唇，细细的腰，修长的腿，有好几次，我放学回家从烧饼铺前过，都看见路过的男人朝王大妈打口哨。

王大妈的老公呢？

桃园一个同学的妈妈告诉我，王大妈嫁人一年后就生了一个大胖小子，可惜这个孩子三岁的时候去河边玩，掉到河里淹死了。而王大妈和丈夫陈大爷因此伤了心，牛也养得稀里糊涂了。

后来改革开放，乡里吸引外资，办了一个养牛厂，陈大爷的牛就卖不出去了，牛卖不出去，陈大爷就着急，一着急就病了，没几年就不行了，留下王大妈一个人走了。

在桃园，我最不喜欢的就是吴大伯，吴大伯脾气不好，每天除了对李大妈说"饭做好了没有"，就再也没话了。

李大妈曾经跟我抱怨过，说吴大伯当初喜欢的不是她而是王大妈，只是因为王大妈家太穷，而李爷爷是支书，吴大伯才转而追求李大妈的。而这些年，因为李大妈始终没有生出孩子来，所以吴大伯就一天比一天地冷淡李大妈了。

　　然而，我却发现，每次吴大伯从王大妈的铺子前经过的时候，拉长的脸就会变得温柔起来，王大妈也会像塞给我葱花饼一样塞给吴大伯一块饼子。

　　发现吴大伯的秘密是在我12岁生日那天，那天李大妈给我做了好多好吃的菜，还答应晚饭后和吴大伯一起带我去看电影。可我左等右等吴大伯都没下班回来，我着急了，跑到街口去接吴大伯，却看见王大妈买了酒回家，我当时奇怪，王大妈一个人也喝酒吗？

　　于是就偷偷地爬到门缝上往屋里看，结果竟看见了吴大伯，他喝着酒，吃着菜和葱花饼，对王大妈说："你什么时候给我生个儿子啊。"王大妈笑答："你不用功怎么生得出来。"再后来我就看见吴大伯和王大妈打架似的滚在了一起，王大妈还叫了起来。

　　我慌忙跑回家去告诉了李大妈，我以为李大妈会去劝架，把吴大伯和王大妈拉开，可李大妈却瘫在床上，一句话也没有说。

　　随着青春期的到来，我渐渐知道了一些事情，比如男女之间的事情，再比如什么叫作狐狸精，什么叫作婊子，也终于再也不理王大妈，学着李大妈那样仰着头走过王大妈的铺子。

　　当然，吴大伯还是常常很晚才回来，有时候甚至整夜都不回来，而王大妈也没有给吴大伯生出儿子来。

我14岁那年,王大妈的铺子突然热闹起来,开始的几个月,一个快50岁的男人常常带着礼物去找王大妈,可每次都被王大妈赶了出来,再后来就是那场有名的"打黄扫黑"运动了。

桃园的人都看见那个被王大妈赶出来的男人带着几个警察冲进了王大妈的铺子,叫嚷着什么"卖淫窝点",把王大妈抓走了。

尽管那时候我已经学会了仇恨王大妈,可我怎么也不相信王大妈会"卖淫",除了吴大伯,我从没看见别的男人走进过王大妈的铺子。

王大妈被抓的那天晚上,李大妈破天荒地开口求吴大伯,她说:"你去找找人,打听打听王婆子被弄到哪儿了?肯定是那个老去找王婆子的老头报复,要不掏点钱把她赎出来?"可吴大伯却凶恶地冲李大妈叫嚷:"你管什么闲事,她现在是扫黄重点,别人躲还躲不急,你还往上凑,不怕惹一身骚呀!"李大妈没有再说话,眼睛里却充满了吓人的怒火。

第二天,李大妈一大早就收拾利索出门了,连着三天,李大妈白天都不在家,连饭都不给我和吴大伯做。

第四天,李大妈坐出租车回家了,这是我长那么大第一次看见节俭的李大妈打车,她还从出租车上搀下了王大妈。王大妈的脸色发青,头发好像被谁揪掉了许多,一缕一缕散乱地披散着,衣服也一绺一绺的。

王大妈回家的那天晚上,都快10点了,我刚写完家庭作业,李大妈把我叫了过来,让我去王大妈家看看,我说去看啥。

李大妈说,你就从门缝看看她在干吗。

我就去了,看见王大妈在屋子里梳头。

回家的时候听见李大妈在屋里跟吴大伯吼:"你去看看她呀!要不是你,她怎么会这么惨!"

吴大伯低声说:"关我什么事!"

转过天来,天还没亮,李大妈就把我叫了起来,她叫我去看王大妈,我去了一趟,屋里黑,我什么也看不见,回来李大妈让我再去,说:"你就敲门,喊王大妈,我要吃葱花饼。"

我去了,可怎么也喊不应,李大妈就急了,推醒吴大伯,让他去看王大妈。

可吴大伯死活不去,还不让李大妈去,李大妈抬手打了吴大伯两个耳光,然后急匆匆地跑到了王大妈门前,疯了一样撞开门冲了进去。

王大妈直挺挺地躺在床上,我们怎么摇她都不动,床头还放着一个小药瓶。

李大妈二话没说,让我快到马路上去拦出租车,自己背起王大妈就往外走。

王大妈从医院回来之后,李大妈就住在王大妈家了,我不喜欢和吴大伯住在一起,干脆也跟了过去。

在李大妈的照顾下,王大妈的脸色一天天红润起来,人也不那么憔悴了。只是每次看见从门口路过向里面张望的吴大伯,神色就黯淡下来,眼泪也止不住往下落。

我和李大妈回家拿过几次东西,有一次是晚上,吴大伯拖住李大妈不让她走,当着我的面掀开李大妈的褂子就要吃李大妈的大奶子。李大妈一脚把吴大伯踹到了地上,二话不说就走了。

15岁那年,我爸我妈终于调到了北京,他们把我从桃园接走了,我走的时候,李大妈和王大妈还住在一起。

和李大妈、王大妈一起住的那一年,我特别快乐,这两个四十好几的女人天天像小姑娘一样快乐,她们白天一起做葱油饼,晚上一起躺在大床上聊天,我在睡梦中都能够听到她们的笑声。

我大学毕业后头一个月领了工资,就买了东西去桃园看李大妈和王大妈,两个大妈还在卖烧饼。我跟她们说话的工夫正好来了一个买烧饼的,李大妈忙拿了袋子装烧饼,王大妈接了钱拉开抽屉找钱,两个人安静而从容,送走了买烧饼的人,两人回头看我,一人一脸幸福的笑。

这个故事写完的时候,我心生感慨,年过半百的两个老人,没有爱情没有亲情,怀抱着温暖的友情相伴到老,也是一件无比幸福的事情吧。

全世界终将温暖归来　◎

　　认识小杜 N 年了，从他还是个顶着一头毛刺的高中生起，我就是他的大姐姐了。

　　小杜很有意思，从高中就开始写烧脑的小说，我算是他的老乡加粉丝。

　　小杜很少提及自己的父母，上大学前去车站送他，还误把他的母亲当成了他的奶奶。

　　大一的时候，小杜给我写信，大一新生似乎都喜欢写信，喜欢跟自己信任的人唠叨，可能是因为环境改变，略有不适吧。

　　那时候我才知道，小杜出生在河南的一个小山村，从他记事起，就没有了父亲。母亲对小杜说，父亲在他出生前就走掉了。

　　幼年的小杜，经历了许多别的孩子未曾经历的苦难，没有父亲的生活是那样凄苦。生活的拮据还是次要的，更痛苦的是没有人把他扛在头顶，没有人带着他下河摸鱼，被人欺负没人给他出气，被人骂作野种也没人可以哭诉。

小杜是没有爹的孩子，一切的一切，只有靠自己，靠自己去支撑自己的天空。

为了养活小杜，母亲整日操劳，从他记事起，母亲就已经是一个小老太太了。她弓着腰，背着沉重的农具，天天忙碌在田间地头，忙碌在锅前灶旁。

后来我去了北京，就常去学校看小杜。

在学校东门的小饭馆里，我和小杜聊我的新书，小杜跟我聊他的新作。又一次，我们聊到了亲情，小杜沉寂了很久，终于说起了自己的母亲。

小杜说小时候，也曾见过花枝招展的媒婆来敲门，看见红红的箱子、诱人的点心摆在门前，可是母亲将这些统统挡在了门外。母亲说，天天还小，什么事情都等天天长大了再说。

天天，就是小杜，他随母亲姓杜，母亲给他取名为笑天。母亲说，等你长大成人，找到了属于自己的天空，就可以开怀而笑了。

小杜始终也不知道哪里是属于他的天空，他只知道，为了母亲，为了自己不再受侮辱，他必须努力学习。

上小学的时候，他每天早晨五点半起床，走十几里山路去上学，下午，他从天亮走到天黑，才能回到家。

那时候小，一点也感觉不到苦。上学的路上，他会用两根粗大的树枝当高跷，踩在枝丫上快乐地往学校走；下学的路上，他会一边割草一边往家走，回去好喂他心爱的小母牛。

初中他就开始住校，因为学校离家实在太远了，高中他在县一中，除了住校外，假期他也不回家，在县城的饭店打小工，自己给自己挣学费。

小杜是他们村里二十多年来第一个大学生，拿到录取通知书的那天，他正和母亲一起往地里推粪，村委会的张大爷远远地跑过来，边向他们娘俩招手边喊："天天他妈，天天考上了！天天考上大学了！"

那一刻，小杜看见母亲眼睛里泪水汹涌。

小杜不顾一切地跑了过去，而粪车就在那一瞬间向他倾斜，砸在了他的左脚上。于是，他伤了左脚，半个多月后才能够一瘸一拐地走路。

送他去读大学那天，全村人都来送小杜，小杜永远不会忘记那天。

1999年9月4号。

就在那天，母亲拉着小杜跪在全村人面前道谢，因为，他口袋里的学费是全村人一分一毛凑起来的。临行前，小杜跪在全村人面前发誓，我一定要成为最好的学生，我一定要出人头地！

后来我考研，在小杜读大学的校园里闷头读了大半年书，他的节俭和努力让我觉得有些心疼，而他的奇思妙想却又让我觉得颇受启发。我常常请小杜在学校东门的小饭馆吃饭，一则为他改善伙食，二则也是听听小杜的头脑风暴。

小杜常常会在教学楼里待到很晚，夏日里教学楼里最后一盏灯常常是他关闭的，冬日里校园里第一串脚印常常是他踩下的。他一日三餐都只从食堂买一个馒头回来，然后端一杯热水去教室，就着热水吃馒头，同时把头扎进无边的书海里。

就这样，大二上学期他过了英语四级，大二下学期过了英语六级，大四还没结束，他就被学校保送读研。

直到小杜上了研一，我才觉得他活得轻松自由了起来，他仿佛真的拥有了自己的天空，整个人都晴朗了起来，不再那么苦哈哈的。这也多亏了小杜的导师。

小杜学的是中国历史，他的导师是一位面目清秀、和蔼可亲的老人。虽然在北京，五十多岁的人并不显老，可是因为他和母亲差不多大，所以小杜私下里喜欢称呼他葛老头。

小杜说看到葛老头的第一眼，就觉得特别亲切，也许是因为没有父亲的缘故吧，小杜从小就非常尊重自己的每一位老师。中国有句老话，一日为师，终身为父嘛。

葛老头是学校里数一数二的教授，听他的课简直是一种享受，他能把枯燥的历史讲成纵横的战场、沸腾的画面。

小杜对葛老头崇拜得要命，他真希望自己这朵来自乡村的野花，有一天也能够像葛老头一样长成一棵横亘古今的大树，阅尽历史的岁月沧桑。

研二之后，课题紧张，小杜和葛老头渐渐熟络了起来。

葛老头没结婚，一个人住在学校后面的家属楼一楼，自己有个小院子，里面竟然和小杜家的菜园子一样，种了许多萝卜白菜和辣椒。

葛老头是个纯正的文人，喜欢把酒当歌，没事的时候最喜欢一个人坐在小院里喝酒，一瓶二锅头，一碟花生米，一碟茴香豆，就可以让葛老头逍遥半天。

小杜不会喝酒，可是每次去找葛老头请教，葛老头都会硬拉着小杜坐下，给小杜倒一杯浓烈的二锅头，然后慢慢给小杜讲那些古书里美丽而雅致的传说，血腥而暴戾的厮杀，一幅幅历史的画面就伴随着酒香和葛老头沙哑的声音飘荡在有着蔬菜清香的小院。

小杜喜欢葛老头还有许多偶然的原因。比如，葛老头的名字和小杜的名字非常相像，葛老头叫葛啸天，而天天叫杜笑天；再比如葛老头是八字眉，小杜也是八字眉。

葛老头也非常喜欢小杜，照葛老头的话说：谁叫咱爷俩有缘呢。

葛老头时常叫小杜去他家做客，有时候聊得晚了，就留宿小杜，惹得学长学弟们开玩笑说小杜是葛老头流落民间的私生子。

研二快要读完的那个夏天，一天，葛老头找到小杜，当时，小杜正在操场上和几个同学一起打篮球。

葛老头一脸坏笑把小杜叫到一旁，开口竟然是："小子，你先去学校门口的饭店给我买半斤茴香豆，再去超市给我买两瓶二锅头，我在家等你，快去。"

小杜丈二和尚摸不着头脑："葛老师，什么事您快说吧，我是急脾气，您先告诉我我再去。"

葛老头神秘地一笑，压低声音说："小子，你被保送读博了。"

听到这句话的那一刻，小杜恨不得抱着葛老头亲两口。

他飞奔回篮球场，攀上篮球架去取自己的外套，也许是兴奋所至，在他拿到外套跳下篮球架的那一刻，竟然摔倒了，他听见自己的脚骨一声怪响，心里暗叫不好，莫非，和六年前接到大学录取通知书的那天一样，又伤了脚？

接下来的半个月，小杜乖乖地躺在葛老头的家里养伤，看着葛老头给自己做饭，给自己洗衣。

长这么大，没有一个男人像葛老头这样对过他，小杜没有经历过父爱，可是葛老头却给了他比父爱更浓重的关爱。

那半个月里，小杜跟葛老头说了很多话，说自己不曾有过的父亲，说自己辛劳半生的母亲，说自己艰难的成长，说自己对葛老头的感谢，那份谢意不是语言所能够表达的。

这半个月里，同学们相继来看小杜，小杜托一个要好的兄弟代自己去了一趟邮局。

上研究生以后，小杜开始给母亲寄钱。本科四年，虽然他利用课余和假期时间打工挣了一些钱，可是仅够生活费而已；读研之后就不同了，常有学长学弟请他一起写书，还有一些替人做枪手的收入，小杜不仅可以应付自己的学费和生活费，还能剩一些寄给自己辛苦了大半辈子的母亲。

而自从上大学之后,除了逢年过节,小杜都很少和母亲联系。家里没有电话,母亲又不识字,写信给她她还要请人来读。小杜忙着学习和打工,也不能常回家看看,所以,只能按月寄给母亲一些钱。

汇款的回执是葛老头给小杜拿回来的,帮小杜寄钱的兄弟请葛老头把回执转交给小杜。

葛老头把那张纸递到小杜面前的时候问了一句话:"你寄钱给什么人?"

小杜随口答道:"我妈。"

接下来的半天时间里,葛老头一个人坐在小院的藤椅上,背对着小杜,一杯接一杯地喝酒,小杜说什么他都不理。当夜幕笼罩世界的时候,葛老头回过头来跟小杜说:"我想见见你的母亲。"

研二的暑假,小杜没有留在北京打工,他回了老家。妈妈依旧贫寒,这几年,母亲把小杜寄回来的钱都还了乡亲们。当年,乡亲们一块一毛给天天凑的学费,母亲都给还上了。

小杜告诉妈妈自己要读博士了,他要接妈妈去北京看看,看看她儿子读书的城市,看看那个一直父亲般照顾自己疼爱自己的导师。

小杜对母亲说,儿子如今出息了,带您去逛北京城。

离开家之前,母亲衰老的脸庞上堆满的笑容如菊花般绽放,她自豪地跟村里的父老乡亲们说,天天长大了,天天要带我去逛北京城了。

小杜带母亲到北京后，进故宫，爬长城，逛北海，上香山。直到母亲坚持要回家，说逛够了，也该回家照看那头和天天差不多大的老母牛的时候，小杜才对母亲说："娘，走之前，我带您去见见我的导师吧，这两年，多亏他老人家照顾，我才被保送读博。"

母亲听小杜这么说，忙答好，说："你这个孩子，怎么不早说，要知道我把咱家的老母鸡带来送人家，听说城里人就稀罕咱村子里遍地跑着捉虫子吃的老母鸡。"

小杜和母亲提着茅台酒敲开了葛老头的家门。

当小杜和母亲站在葛老头面前时，小杜看见了葛老头眼中夺眶而出的泪珠，而母亲却在那一刻愣住了，呆立着久久回不过神来。

小杜莫名，叫了一声："娘！"又叫了一声："葛老师！"

母亲突然孩童般颤抖着肩膀，低头啜泣起来。

小杜万万想不到，那一天，母亲流着泪对他说："天天，25年了，你终于找到了自己的天，你可以笑了，你可以开心地笑了。"

而站在他们娘俩对面的葛老头，长叹一声，轻轻抬起头，咬紧嘴唇闭上双眼，泪水像小河，顺着他清癯的面颊细细长长地流淌。

那一天，小杜说出了一个25年不曾说出的称呼，那就是"爸爸"！小杜拥有了一个25年不曾拥有的亲人，那就是父亲！小杜看见年迈的母亲和清瘦的葛老头对坐，一起哭、一起笑、一起颤抖。

那一天，小杜了解了一个25年前的故事，一个"臭老九"被下放到河南的一所乡村小学……

小杜跟我说，他不恨葛老头，真的不恨。

葛老头等了母亲25年。

这25年里，葛老头去过原来的那所村子，去寻找过小杜的母亲，可是小杜的母亲已经更名搬家。葛老头也曾想象小杜的母亲来北京找他，可是当年他离开的时候，既没有留下地址，也没有留下电话，叫小杜的母亲去哪里寻找？

一切就那样匆匆错过。

25年后，如果不是小杜那张写有母亲真实姓名的汇款单回执，这一对曾经相爱的人，也许会永远地错过，而小杜也许永远也找不到自己的天空。

感谢这个世界，创造了如此多的奇迹，让小杜找到了自己的天空、自己的父亲，让一对曾经相爱的人重新相聚。

当小杜在学校东门的小饭馆里，跟我讲完自己的故事，我唏嘘不已，总以为是电视剧里的故事，原来在生活里俯首即是。

爱情是人世间最珍奇的美丽，亲情是人世间最天然的温暖。

从一粒沙中看世界，从一朵野花看神的旨意，从无边的爱抓住有限，瞬间即永恒。

你当我如花美眷，我陪你喜乐年华 ◎

每个人都有自己的人生故事，每个家庭都有自己的酸甜苦辣，谁能没点故事呢？

这不，一大早邻居何琳家就嚷嚷了起来。

"你虐待老人！"说话的一听就是何琳她老爸。

"老人虐待老人，不算虐待！"何琳这孩子，也不会说话。

"那明天你自己出门去买早点！"何琳她妈也不甘示弱。

"你们不爱我，我等会儿就离家出走！我出走20分钟，看不急死你们！"拜托，老爷子，您出走20分钟！

"姐！姐！爸妈又吵架了，我要迟到了，你赶紧过来劝劝！"何琳着急上班，又向老姐求援了！

"妈，我说你也是，我爸爱吃包子，你干吗非买油条给他，这不是没事找事吗？"

"嘿，我说你这闺女，这是咋跟妈说话的？我想吃油条，为啥天天都要顺着你爸？"

"我爸不是老了么？你就不能顺着他吗？"

"他不就比我大两岁么？老什么老？又不是动不了，有本事自己买去，我买回来别吃！"

"妈，你这样不对！"

"何琳，你这样宠着你爸不对！"

何琳他爸赶紧又打电话给大女儿何灿："何灿！你快来啊，你妹跟你妈打起来了！"我在隔壁听着都要笑掉大牙了，这一家三口，就为早上吃包子还是油条，闹腾成这样，这老爷子，您生怕天下不乱啊！

等何灿赶来，何琳和老爸老妈都快吼起来了。见何灿驾到，何琳长出一口气："姐，我上班去了，你好好教育教育爸妈！"

何灿一进门就说："嗨，我说你们老两口，好日子不过，'作'啥呢又？"

"何灿，你快管管你妈吧，她天天跟我对着干，虐待老人啊！"

"爸，我说你能不能懂事点？你们这样折腾，何琳迟到了要扣钱的！"

"要那么多钱干啥？够花就行了！"

"不仅要扣钱，还要扣信用记录呢！每月迟到累计超过三次，政府就要扣征信记录，到时候何琳买火车票、机票、地铁票全都受限制,你还想不想让你二闺女好好生活了?"

"什么?要扣征信记录?"

"你以为国家给每个人都养老呢?我也要迟到了,一样一个月累计超过三次要扣征信记录的!"

"哎呀,那你来干什么,以后你就不用来了,我和你妈内部矛盾内部解决!"

我正好上班去,路过何琳家窗下,扭头往窗内望。只见何琳她妈捧着半个西瓜,挖了一勺,往何灿嘴里送:"老大,以后你爸打电话你不用理,他老糊涂,来,赶紧吃口西瓜,解解暑,吃完就赶紧去上班!"

喂完何灿,又挖了一勺子喂给何琳他爸,何琳她爸心满意足地张嘴吃下,边吃边说:"喂,老伴,何灿40多的人了,你干吗还喂她?"

何琳她妈等了老伴一眼:"你还六十多了呢,我干吗喂你?"

"那不一样,我现在是老人,老比小,老比小,你要像照顾小孩一样照顾我!"

"呸!"

我看着心里这个乐啊,瞧这一家子!

何琳她妈年轻的时候是远近闻名的美女,何琳她爸年轻的时候是有口皆碑的才子,这两口子,当年可真是才子配佳人。16岁到26岁的灿烂青春里,两个人同时被下放到北大荒,在那里,两个人相识相爱,结婚生子。

那个时候的爱情单纯而美好，两个人是那帮知青里第一对结婚生子的。何灿出生的时候，正是寒冬，接生婆刚走，知青们就头顶雪花进屋了，一个个一把大手就把刚出生的何灿抱在冰冷的怀抱里。娇嫩的小何灿裹在小薄被里，焐热了一双双热情的大手。大家一边啧啧赞叹一边出主意，要给刚出生的小何灿称体重。于是，一个男知青从门外拖进来一个冻得梆梆的地秤，一个女知青把小何灿直接往地秤上一放，于是，小何灿在一群二十出头的热血青年的欢呼声中感冒了！

何灿出生第一天就感冒了，拖拖拉拉一个多月才好，这正预兆了何灿此生，总要和疾病做斗争。

有了何灿的"惨痛经历"，何琳她妈就对两年后出生的何琳倍加照顾，后来还培养何琳当了护士，去了医院，就是为了能够少生病，方便她姐看病。不过何琳后来还是生了病，这是后话。

这一家子，是我见过的最有喜感的邻居。

何琳她妈如今年纪大了，最喜欢做的事情就是回忆"阳光灿烂的日子"。她觉得自己最美好的人生、最灿烂的青春，就是北大荒那十年。在何琳她妈的心里和嘴里，北大荒那十年，那叫一个浪漫，那叫一个单纯，那叫一个幸福。虽然有种种的艰难和重重的困苦，可在何琳她妈眼里，那些都不叫事。叫事的，是那一望无际的田野，是那无所畏惧的岁月。然而在何琳她爸眼里，人生最糟糕的岁月，就是北大荒那十年，他无处释放自己的才华，无处绽放自己的青春，只能在田间地头哀叹、吟诗作赋，壮怀激烈。

于是每次这两口子下楼遛弯儿,老大妈跟老太太们聊天,都忍不住要追忆"峥嵘岁月",可老大爷总是在前面吆喝:"老方,快走,瞎聊啥!"以至于每次老大妈下楼,都不愿意带老大爷,于是就总听见隔壁老大妈已经出门,老大爷却在后面喊:"老方,等等我,一块儿遛!"

何琳也是个很有趣的姑娘,老大不小了,总是高不成低不就,倒也不是要求高,这样家庭教育出来的孩子,是绝没有嫁入豪门的梦想的,可却有对幸福生活的"固执"追求。反正老大何灿已经结婚生子,老大妈和老大爷就不要求小闺女有太多"婚姻"追求了。

有一次,我去何琳家串门,给何琳介绍对象,二老的一番对话,也着实让我在心里乐了半天。

"何琳找不找都行啊!"何琳她妈还真想得开。

"就陪着我俩过日子吧,挺好的!"何琳她爸舍不得小女儿。

"那等您二老老了,何琳咋办?一个人多孤单?"

"不孤单啊!等我俩老了,何琳把房子一卖,然后租个房子,剩下的钱周游世界,多潇洒!"这老太太,想法好时髦啊!

"那,那你们不希望她将来有个孩子?"

"反正老何家也没后了,生了孩子也是人家的,费那个劲干啥。我们两口子,现在就吃好活好,死之前,把钱都花光,乐呵够了,一蹬腿,就得了。等我们没了,何琳房子一卖,四处旅游,把钱花光,乐呵够了,也就得了。这多好!"

老大妈的话，噎得我一愣一愣的，你能说人家没有理想么？人家的理想，就是快乐人生，这个年纪的人，难得有这样的洒脱。好吧，我服了！

不过这喜感，还是经常出现"闹剧"的。这不，上午遛弯儿回来，老爷子又嚷嚷起来："二单元的老八她爸，干吗老说你精神？"

"你说你，老八她爸不是见谁都夸吗？"

"哼，老八都出嫁了，他还老不正经，再看也是我老伴，精神不精神，关他什么事！"

何琳的电话打进来："爸，你咋又没去医院呢？医生都给我打电话了，说专门给您安排了主治医，你咋不去呢？"

"我没病，不去！"

"何琳，你爸不去，我也没办法！"

不一会儿，何灿的电话也打进来："爸！你咋又没去医院呢？你知不知道约诊不去，监护人的医保卡会被冻结的！"

"什么？医院这么不讲理？"老爷子吆喝起来！

"人家这叫制度！病人都不去看病，医生喝西北风啊！"何灿在电话那头吆喝！

"现在的医院真黑啊！"说完没两分钟，只听隔壁开门关门。老两口边锁门还边聊。

"我又没病，你们老让我去医院干啥？"

"不就是做个常规检查么？"

"要不这次我住院吧？"

"干吗要住院？"

"我头疼？"

"头疼就住院？"

"住院你就天天陪着我，不出去遛弯儿，不玩手机，不看电视了！"

"头疼住院也不用我陪着啊！"

"你不陪着，我上厕所都不敢去。"

"咋不敢去？"

"我头疼的时候要是晕倒在厕所里咋办？"

"那我给你请护工！"

"护工是老伴么？"

"那我也不陪你，医院里没有 WIFI，没有电视，无聊。"

"你可以看我，跟我聊天啊！"

"看了你一辈子了！聊了一辈子了！好无聊啊！"

中午前，两口子终于回来了，也边开门边聊。

"医生问你啥了？"

"1 加 1 等于几！"

"你说几？"

"我说我就不告诉你 1 加 1 等于 2，谁让你不问我 2 加 2 等于几？"

"你跟医生较劲干啥？"

"谁让他每次都问一样的问题！"

"那他最后有没有说你有老年痴呆的可能？"

"没说。"

"哦，那就好！"

"他要是敢说，我就当场脱裤子！"

"啥！"

"脱裤子往外跑，让他见见什么叫老年痴呆！"

我听何琳跟我讲过父母的故事，这老两口年轻的时候，也挺不容易的。

当年知青返城，何琳她妈带了两个孩子先回来了，何琳她爸还在北大荒。两年后，何琳她妈终于听说何琳她爸厂里有了个北京对调的指标，就在听到消息的当晚，跑到对调工厂的厂长家里去。厂长也为难，说指标只有一个，可有需求的人不止一个，看吧，谁先拿来档案，就先入档。

于是何琳她妈连家都没回，两个孩子直接扔给了姥姥姥爷，直奔火车站。买不着卧铺，就直接坐了两天两夜，来到了北大荒。连口水都没喝，就跑到何琳她爸所在工厂的档案室里，把档案取走了。何琳她爸给媳妇打退堂鼓，说指标只有一个，有需求的人又不止一个，咱没关系没后台，轮不到咱。何琳她妈不信邪，说拼了命我也得试试看。于是当天就取了档案，一晚上都没在北大荒待，直接坐火车又返回了北京。

何琳她妈快，可有人跟她一样快。谁？对调工厂厂长侄子的媳妇。

于是当两份档案同时交到对调工厂厂长手里的时候，这个厂长为难了。

这个厂长找何琳她妈商量，说你家困难，可我侄子家也不容易，你家两个孩子，她家也两个孩子，而且她家一儿一女，你家不是两个闺女吗？

何琳她妈当时就急了，两个闺女咋了？闺女比儿子更金贵，不信你瞧瞧，二十年后，是闺女好还是儿子好！

厂长说不过何琳她妈，就推磨，说你先回去，我们研究研究。

何琳她妈是回去了，可下午就领着何灿和何琳又找来了，何琳她妈也不哭也不闹，领着两个闺女往厂长屋里一站："厂长，行不行你给个痛快话，要是不行，俺娘仨今晚就住这儿了，档案我也不拿走，等啥时候再有指标，我们娘仨拿了指标就走！"

厂长一看这架势，傻眼了，好说歹说劝走了这一大俩小三个女性，就硬着头皮打报告。

结果那一年，一个指标愣是破例变成了两个指标，何琳他爸和厂长侄子一起回了北京。

本来回北京是件好事，可何琳她爸却不开心，为啥？因为在北大荒的厂子里，他是文职，是骨干，厂里写个报告、办个板报、播个新闻稿啥的，都是他的事，他觉得轻松可心。可回了北京，这边厂里直接给他安排到工厂做工人去了。

何琳她妈见孩子爸整日里闷闷不乐，又找到厂长，厂长苦着脸说："指标我给你要下来了，可职位只有一个，你说我能让谁下车间？"何琳她妈这次没话可说了，人家总是要向着自家人，这的确无可厚非。

尽管何琳她爸回到了北京，还是怨天尤人，可何琳她妈还是挺满意的，毕竟自己成功了，老伴回京了！所以在她眼里，自己的人生充满了奇迹，到处都是贵人，到处都是光明。

于是，生活在"郁闷"中的才郎，就这样和生活在"光明"里的美女，过了一辈子。老了老了，才郎记忆力减退，就被闺女和老伴要求定期去医院做例行检查，老爷子对此很不满，也对老伴热衷下楼聊天、热衷电视手机，经常"无视自己"表示不满。

这不，周末了，何琳要去银行。

"妈，我要去银行。"

"我也要去银行，一起。"

"我也去！"老爷子迅速穿长裤，准备跟着老伴闺女出门。

"大热天你又没事，去干吗！"母女俩一起问。

"你们知道什么叫寂寞吗！"

我在隔壁直接晕倒！

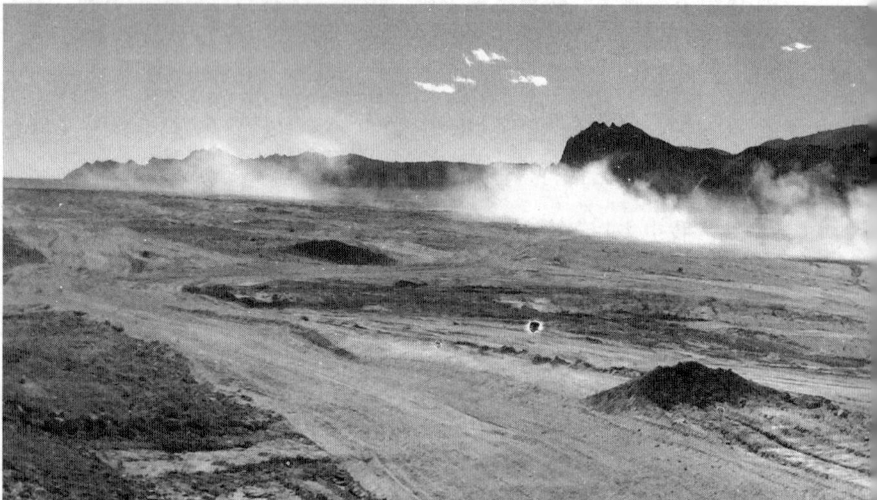

Part 5 活在尘世，看见人间

谢你当年不娶之恩 ◎

写下这个题目的时候，小玉那张清瘦执拗的小脸就浮现在脑海里，当年的傻姑娘，如今，你在他乡还好么？

提起小玉，很多词语是跨不过去的，但倘若真的要我把这些词语用在小玉身上，还是难免觉得有些残忍。

别急，小玉的故事，这就来了。

认识小玉是在宋庄，也许这个地名很多人都有所耳闻。

这里号称中国的"左岸"，充满了一大把不成名的不知名的所谓的画家，充斥着铺天盖地的号称纯粹的所谓的艺术气息。当然，也填充着这样那样以艺术为名、以真爱为名的情感。

小玉，就是揣着艺术梦想来宋庄的，她以为，这里真的是艺术的圣地。

我是在一次画展上遇见小玉的,当时,我接受了杂志社的采访任务,去采访一位旅居宋庄的女画家,小玉当时正是那位女画家的助手。

采访完女画家之后,一起吃饭,席间,女画家接到一个电话,就冲小玉摆摆手,说你快去送画。

小玉走后,和女画家聊天,提到小玉,女画家眯着眼睛,诡秘地笑着说:"小玉交好运了!"

我问:"什么好运?"

"一个特别特别特别有钱的男人,在追求小玉。"

我有点懵,是什么样的男人,让这位女画家一连用了三个特别,而小玉那一年不过18岁,高中毕业,梦想就是考上中国最著名的美术院校,学油画。

再说小玉,第二次见到她,是一周后去给女画家拍照,因为要到美术馆去拍,所以大家坐了同一辆车。那天,下雨,满地都是水。

小玉最后一个上车,她先把屁股放进车里,搁在座椅上,然后抬起两只脚,左脚磕右脚,右脚磕左脚,抖掉了脚上的水之后,才小心翼翼地将腿脚放进了车里。一路上,小玉两只手放在膝盖上,笔挺地坐着,一动不动,看得出她的拘谨。这个细节,我在多年后依旧记得——那个紧张而认真的姑娘。

再说说追求小玉的人,这个男人,在半年后的一次画展上,和小玉一起出现。这个男人头顶微秃,目光狡黠,拉着小玉的手,宛如父亲拉着女儿。小玉有些别扭，有些不甘。

又过半年，我跳槽进了电视台，跟踪采访了女画家在国外的一次画展，与小玉同行，住画展附近酒店的同一个房间。时时刻刻感受到小玉的矜持、认真、拘谨，这让我奇怪，这样一个自律的女孩，怎么可能成为那样一个特别特别特别有钱的男人的女朋友，而且是那种妻子之外、情人之后的女朋友。

没敢问，总不能哪壶不开提哪壶。

那夜，酒店起火，我们相携奔出，方才死里逃生。于是二人干脆在画展附近的一个街心花园里坐了半宿，聊到天亮。

小玉告诉我，她家里很穷，没钱供她读书。她来宋庄之前，已经接到了某个美术学院的录取通知书，可她爹硬是把通知书给撕了，让她嫁给村支书的傻儿子，好给弟弟换个参军的名额。于是小玉逃了出来，听说北京宋庄是画家聚集的地方，便来到了这里。

在认识女画家之前，小玉做过旅馆的服务员，天天叠床单、打扫房间；还做过饭店的服务员，天天端菜洗碗。小玉还被一个"好心"的大哥介绍去酒吧做招待，领了兔女郎的工作服之后，才知道这份工作是"坐台"，于是又逃了出来。

小玉说，好多个日子，她没有饭吃，好多个夜晚，她不知道哪儿能躺下睡上一觉。说这些话的时候，小玉依旧平静、依旧矜持、依旧拘谨，她没有眼泪，也没有哀怜。她说，她不是那些城市里有爸爸妈妈疼爱的小女孩，她早就知道，除了自己，她谁也不能倚靠。

后来，女画家收她做助手，她感激不尽，再后来，在女画家的画室里，遇见大她三四十岁的他。再后来，每次他来买画，女画家都让小玉把画给他送回家去，终于有一天，小玉又去送画……

后面的情节，小玉没说，咬着下嘴唇，笔直地坐着。

我在心里哀叹，小玉啊小玉，你太天真。可我又能说什么，怪那女画家没有尽到照顾小玉的义务吗？很多事，对于我们这些饱经世故的熟男熟女来说，用脚指头想想都明白，可对于18岁的小玉，一切都是未知，猜不到，想不到。

我幽幽地问小玉，这一年，你是怎么走过来的？你心里不痛？

小玉回答："今天我能承受多大的卑贱，明天我才能承受多大的成就。"这句话很励志，对于小玉，也只能靠这些励志的句子，去度过那些灰暗的日子了。

再后来，我得知，小玉去上学了，她如愿以偿走进了中国那所最著名的美术院校，不过上的是为期三年的成人进修班。

大概半年后，我碰巧到那所院校去采访一位雕塑家，采访结束后，约小玉一起吃饭。

因为老相识，所以这次便哪壶不开提哪壶，问及她的男朋友。

小玉依旧一张拘谨的脸，不过有了一丝狡黠的笑意，她对我说，她和他签了一个协议，他供她上学，一年三万，三年；她和他一起生活，三年，给他生个儿子。

我瞪大了眼睛："小玉，你怎么能这样！"

小玉的一丝笑意迅速消散，更加拘谨，笔挺地坐着，低头看自己面前的碗筷。

我不相信小玉和他之间有真爱，小玉亦不相信，她对我说了很多恶俗的情节，用脚指头都能猜得出来的情节。然而小玉却要信守契约，她需要钱，她要上学。

复一年，接到小玉电话，找我借学费，并且托我帮忙找份兼职。

我问她："他呢？"

小玉在电话那头幽幽地答道："他毁约了。"

我又问："为什么毁约？"

"有人怀孕了。"

"你呢？"

"习惯性掉了。"

我无语。

去看小玉，给她送学费，她第一次腼腆地对我笑，说："姐，相信我，我能还上，我已经找好了两份兼职，加上你给我介绍那个，不出半年，我绝对能还上。"

我不知道如何安慰小玉，只好在离开校园后，给小玉发了一条短信："就是这些经历，你才能够长大。"

小玉回了我一条短信："我永远相信，梦想一定会实现。"

我相信，这个永远拘谨、永远认真的女孩，一定会实现自己的梦想。

半年后，小玉真的把学费还给我了，她说她已经做了某个装修公司的设计师，做家装设计。我问学业呢，小玉说，我能应付，放心，姐！

又一年，我惊奇地发现，小玉竟然出现在了某个非常火热的家装节目里，在电视屏幕里，小丫头全然没有了青涩的痕迹，还是那么清瘦，却显得颇为干练。我心里有了几分温暖，有了几分舒畅。

就在小玉毕业那一年，她给我打来电话，说："姐，我要出国了！"

我惊讶不已："去哪儿？"

"美国！"

"留学？"

"不，结婚！"

"和谁？"

"我的男朋友，他是美院的留学生。"

我能听见她在电话那头，微微地笑着。

小玉出国前，特意带男友来找我，与我道别。那是一个年轻的外国男孩，有着青涩的面孔和不羁的言笑，我祝他们幸福。

小玉离京那天，我忍不住给她发了一条短信："人生所有遇到的苦难，都是你成长的肥料。"

小玉回："有梦就会实现。"

我仿佛看见，小玉不再拘谨，放松地靠在男友的肩膀上，飞机沿着云层爬升，小玉闭着眼睛微笑。

好吧，我承认，后来小玉也通过电子邮件或者 QQ 跟我吐槽，说国外的生活并不容易，自己花了很久才找到了适合自己的工作，并且又在读书。

不过我更多收到的，是小玉和男友在世界各地旅游的照片，她发来和男友在埃菲尔铁塔下、在凯旋门下、在柏林墙下的诸多照片。

小玉在QQ上对我说，"姐，这才是爱情，这才是真正的爱情。"

我对她说："你是不是应该对某个人说'谢你当年不娶之恩'"。

小玉发来一个笑脸。

是啊，总有一天，你会成为生命的主人，只要你去想，只要你去做。至于当年的人和事，心怀感恩吧，感谢当年不曾善待我，否则，我也不会长成今天的我。

谢你当年不娶之恩。

出来混，总是要还的 ◎

亲爱的读者，很抱歉，安子写不出那种依依哝哝、小情小调的东西，大大咧咧惯了，连文字都不是很温柔。然而谁的心都是肉长的，再坚硬的心灵，也有自己软弱的角落。

我曾经好奇一个QQ头像，那个油盐不进的女人，竟然执着地用一副非常"绿帽子"的漫画做头像。一个瘦弱的小男生在门口回头，一个女生和另一个男生惊恐地扭过头来，看着他。亮点在这一男一女的位置和姿势：床上、叠罗汉。

我小心地探问："亲爱的，咱换个头像吧！"没有应答。

我又一次小心地在QQ上说："亲爱的，咱换个头像吧！"她还是没有应答。

终于，有一次去她单位找她，中午和她一起吃饭，聊了起来，我坐在她对面，对她说："亲爱的，我们换个QQ头像吧。"

她愣住，半晌无言。

那个中午，吃完饭，我们在中央电视台对面的草地上，一人一根老冰棍，坐了很久。

她，的确就是漫画里的某一个。她，站在了门口。

她说看到那一幕的那一刻，自己完全想不到冲上去将那二人痛打一顿。当时她大脑里一片空白，转身冲了出去，跑到了离家不远的大桥上。

她说，如果不是想到了父母，那一刻，她真的跳下去了。

后来，后来当然是一场闹剧，闹剧的结局就是两个字：离婚。

我对她说："忘了吧，忘了吧，都过去了。"

她对我说："忘不了。"

我劝她："宽恕别人就是宽恕自己。若能宽恕，你必得宽恕；你若不能宽恕，内心必受枷锁。无所谓对错，无所谓公理，人生终有报应，你不必计较，你需要的，是宽容自己，关心自己，强大自己，其他，随风。"

她看向别处，漠然地答道："如能宽恕，是因为人生没有被践踏；如能忘记，是因为尊严没有被毁灭。"

我无言以对，我不是她，未曾经历那一幕，没有权利去评判。

但是，在劝慰她的同时，我能说自己的心中没有仇恨吗？我能说自己可以宽恕一切？我，亦做不到。

当时，隔壁办公室有一个大姐，是那种被家庭呵护得很好的女子，温润如玉，大方得体。

然而，就在一夜之间，生活倾覆，爱人和儿子在车祸中双双身亡。

事后，那个大姐好久没来上班，再见时，人已经整个变了模样，瘦了好几圈，温润如玉变成了淡泊干练。从此，只穿旅游鞋，每日背着一身长跑的行头来上班，跑步成了她缓解内心痛楚的唯一方式。

有一次，我、隔壁办公室的大姐和QQ上那个怪异头像的主人，因为工作原因一起吃午餐，就我们三个。因为午后要一起等一个会议，所以就坐在一起聊了两个多小时。

大姐对她说："你总比我好过，你再气愤，人还是在的，而我呢？"

她却狠狠地说："我宁可人已不在，至少还有温存的念想。"

二人沉默不语，我亦无言以对。三个女人对坐无言，各揣心事。

人世间，很多情感，是没有道理可言的，什么是对，什么又是错？

也许他在你眼里是需要呵护的大男孩，需要关心的马大哈，而在别人眼里，却是时时刻刻给予关心和温暖的贴心男子。

也许你今生注定与他无缘，即便拥有，也必丧失。

人世间的事情，谁又能说得清楚？

在电影《无间道》里，有句经典的台词"出来混，总是要还的"，对于那些在刀光剑影中叱咤风云的无神论者，佛家的因果报应形同虚无，然而绕来绕去，却绕不出这句形神皆有佛相的话——出来混，总是要还的。

据说，美国著名社会心理学家斯坦利·米尔格兰姆提出并证实了的"六度分离"理论，说这个星球上所有的人，从某种意义上来说，都是可以通过个人的关系网以特殊的方式联系起来的。正所谓两座山碰不到一块，两个人总能碰到一起。无论是仇人还是恩人，无论是宿敌还是战友，无论是男朋还是女友，也不论分离多久，相隔多远，只要在这个阳间尘世，就总会有碰面的时候。于是呢，曾经的恩怨情仇总会有个了断的时候，正所谓"出来混，总是要还的"。

曾经听过一个故事，这个故事一直没有随着物是人非从我的脑海里格式化掉。那是一个"轻浮"军嫂和一个"固执"军官的故事。

这男人，驻扎在边防哨所，整年不回家一次，这女人，就和邻家的男人擦出了火花，男人休假回家有了耳闻，略施小计，就将女人和邻家男人捉了现形。

这男人和女人其实感情基础很好，虽说不上青梅竹马，也已相守多年。于是男人颇感受伤，便一纸诉状将自己的妻子和邻家男人告上了军事法庭，不管女方的家长和自己的家长如何劝阻，执意要将这对"不当"男女送进监狱。

故事以看似大快人心的结局暂告一段落，女人和邻家男人双双被送进监狱，罪名是破坏军婚，刑期各为两年，邻家男人也因此妻离子散。

这个故事并没有到此结束，"出来混"的女人和邻家男人在"还"了各自的罪过后，因为两年的牢狱之苦，二人你中有我，我中有你，再也分不开了。

下面的故事，才是真正的"总是要还的"。

两年后，女人和邻家男人出狱完婚，二人携手开公司，不出三年，日子就繁花似锦起来。可"固执"军官却转业回了家，并且一直没有找到合适的单位。

接下来的桥段让人感叹，军官的家人见军官转业后一直萎靡不振无事可做，就找到女人，请她鼓励一下自己的前夫，并请她为他谋一份合适的工作。

两年的牢狱之仇，即便宽容到底也无法忘怀，又怎能不计前嫌去鼓励送自己入狱的仇人，再为他谋一饭碗？

然而，女人真的去鼓励送自己入狱的前夫了，而她的丈夫，也就是同她一同入狱的邻家男人，热情主动地为军官找了一份工作。

军官羞愧不已，无以面对前妻和邻家男人，迫于生计，又不得不接受这份工作。

故事到这里，才算真正结束，然而留给我的，却是岁月永远也无法带走的感慨和怅然，"出来混，总是要还的"。

可如果你不是想混，而是真情实意呢？

如果岁月的轮回里，你还回去的是一份"以德报怨"的帮助呢？

一个"混"，一个"还"，千般滋味，万般世界。

其实在爱情里，背叛的人最终并不见得会开心，也不见得会不开心；被背叛的人复仇之后也不见得会幸福。

背叛不是情感的筹码，真正不能背叛的，是每个人内心的情感。

曾经帮一位朋友改过一篇自传，那是一位在荧屏上小有名气的女性朋友，大我一些。我看到那篇稿子的时候，颇有些意外，以她出口成章、笔下生花的才气，怎么会写得如此简略，如此浅淡。

问她，她答：很难写，很难回想。

我无言，耐下心来去修改那篇稿子，改着改着，突然就明白了她的话。有些事情，我们不愿回头去看，我们宁可未曾发生，我们宁可文过饰非。

这世间既没有那么多的顺风顺水，也没有那么多的厄运连连。

这世间既没有那么多的生死相守，也没有那么多的誓死不渝。

我们都不是先哲，都不能预言，在人生的旅途中，我们会遇到什么；我们都不是圣人，都不能保证，面对诱惑、灾难和背叛，不会沉沦，不会报复。

我有位律师朋友，认识十多年了，专做离婚案件，是正格的"离婚律师"。她曾经和我讲过一个非常痛心的案子。

一对夫妻离婚，法庭上除了这对已经不爱的男女，还有一个小女孩，那是他们的女儿，只有三岁多。

法官问这对男女，孩子归谁，父亲摇头，母亲也摇头。

小女孩眼泪汪汪地看着自己的父母，站在那里，小小的身影分外孤单。

最后法官看不下去了，俯身，问小女孩："孩子，你的爸爸妈妈要分开生活了，你想跟爸爸在一起，还是跟妈妈在一起？"

我的朋友说，她当时实在忍不住，眼泪涌出了眼眶，可那对男女，却没有一个人走过来，抱小女孩一下，哪怕一下。

小女孩默默地流着泪，抽泣着，怯生生地看妈妈，妈妈仰着头，不看她。

小女孩又扭过头，看爸爸，爸爸也别过头，不看她。

小女孩最后再也忍不住，哇地大哭了起来。

法官实在判不下去，宣布休庭半小时。

我的朋友就是在休庭的间隙里，打电话给我的，语气很气愤，说这对父母怎么这么狠心，谁都不要孩子。

我无语。

对于人生来说，爱情没了，总还有亲情，如果非要连那个爱情的结晶和爱情一并抛弃，那么你的亲情何在？你所丢弃的，将是一生无法挽回的亲情。

后来，我在朋友圈里看到一条微信：

一张图片，一个小女孩光着脚，蜷在地上，地上用粉笔画了一个妈妈的形象。

微信里这样写：

一对父母离婚了，一个没有妈妈的小孩，在水泥地上，画了一个妈妈。

她小心翼翼地脱下鞋子，在妈妈的胸口，睡着了……

我突然就想起了朋友所说的那起离婚案件，眼泪瞬间涌出眼眶。

我把这则微信转发给了朋友，附了一句话：请转发给那个抛弃自己三岁的小女儿的当事人。

我真不知道该如何用语言去诠释微信上的画面。

人世间，什么都可以混，唯独感情不能瞎混；什么都可以还，唯独感情的债还不明白。

不管是亲情还是爱情，都是一种付出，都是一种偿还。

所以，既然要还，就好好混，混得心安理得，还的时候也会泰然自若。

倘若你"子系中山狼，得志便猖狂"，那么"还"的那天，恐怕你也会容颜未老，心已沧桑。

佛经里说，每个人的此生遭遇都是前世的报应。虽然因果之说对贪恋万丈红尘的痴情痴恋之人过于遥远，但不管年轻也好、冲动也罢，做过的事情总还是要还的。

人生无常，就以爱心放过情感里曾经被你爱过恨过的人吧，就以爱心珍视情感的结晶吧。

出来混，总是要还的，还以阳光，还以爱，当是最好的偿还。

大树之下 ◎

这是我的一个朋友的故事,这里,姑且让我用第一人称去描述这个故事,描述一位少女的人生。

我没有母亲,听父亲说,母亲在生我的时候难产死了。在父亲的叙述里,母亲是一个无比美丽、无比聪慧的女子,曾经是县评剧团的台柱子,后来因为受了莫大的委屈,才下嫁给祖祖辈辈都是贫农的父亲。我从小跟着父亲长大,每天,父亲都背着我去田里,我在田埂上玩耍,他在田地里劳作。

我从小不喜欢学习,就喜欢唱歌跳舞。父亲说,我和我妈一个样,天生戏子的命,可如今唱戏的不如读书的,读书的不如经商的,我一个女孩子家,还是读书的好。于是,父亲天天送我去上学,天天晚上看着我做作业。

13岁那年，我念初一。那年秋天，村东头王叔叔家的老奶奶死了，王叔叔请了县里的戏班子来唱戏，整整唱了三天，我每天晚上都央父亲带我去看。说是唱戏，其实什么都有，那时候的中国，流行歌曲刚刚兴起，崔健的摇滚也被县里的戏班子搬上了灵棚。那时我听到的第一首摇滚歌曲，至今我还记得那首歌的名字《让我在雪地里撒点野》。那三天，我每天都挤在人群的最前面，从晚上七点半一直听到半夜十二点收场，父亲拉我也不走。音乐对我来说是一种吸引，舞台对我来说是一种诱惑。第三天结束的时候，我偷偷跑到了灵棚后面，找到了那个五十多岁的敲架子鼓的阿姨，我听说她是"团长"。我跟阿姨说，我要跟她们学唱歌，学跳舞，我要和她们一起走。阿姨笑了，问我会什么，我扯开嗓子就唱。

三天后，阿姨找到了我的父亲，她对父亲说，这丫头嗓子还不错，腰腿也挺灵活，我们团里缺跳现代舞的小丫头，您看您要是同意，我就带她走，先让她跟我们跑着，过两年丫头长能耐了，我发她工资，保准比您种地还挣钱。那是我13年以来第一次见父亲发脾气，父亲脸都青了，一个字"滚"，把阿姨轰出了家门。我从此恨上了父亲，在第二年秋天，也就是我14岁的时候，阿姨他们再次来我们村演出，我背着父亲包了几件换洗的衣裳跟着阿姨走了。

那是我最快乐也最风光的三年，我从一个跳劲舞的小丫头变成了场场不可少的歌手和舞蹈演员。每年春天和秋天，是农村红白喜事的高峰，我们就奔波于各个村子之间。忙碌的时候，几乎每天晚上都有演出，而由于团里的青年演员少，能歌善舞的漂亮姑娘更少，所以，我几乎成了场上的主角。每晚必唱三首歌，跳两段舞蹈，而各个歌曲的配舞也总少不了我，常常是一个晚上下来，我跳得腰酸腿疼，胳膊都抬不起来了。但收入确实令人欣喜，我从最初的每晚5块钱收入到后来的20块钱，有时候请我们来表演的东家专点我唱歌，我的收入就更多了，最多的时候，一个晚上收入50元。那个时候，我觉得我简直成了人人喜爱的公主，舞台上耀眼的明星，而父亲，早被我抛到了九霄云外。除了团里闲的时候我会回去看看父亲，给父亲一些钱之外，我几乎已经完全忘却了父亲。

17岁那年春天，我出事了，那场演出最终成为我的最后一场演出。那次，来看演出的人非常非常多，东家也极为铺排，请我们大唱七天，在第五天晚上，演出刚进行到一半，就有观众点我跳舞。那时天气已经渐暖，我穿了一件红色的吊带背心，一条发白的牛仔裤上了台。不想我跳到一半的时候，竟然有一个醉汉爬上了我们的临时舞台，冲过来就扯我的吊带背心。场上场下乱作一团，团里的哥哥姐姐们迅速地把醉汉拉开，一个和我最要好的小姐姐还狠狠地踹了醉汉两脚。我们都以为只是一个小插曲，正准备接着演出的时候，东家跑了上来，叫嚷我们打了落忙的人，不依不饶地要我在台上向刚才那个醉汉道歉。我不肯，我们团里的人都不肯，最后，我们决定不演了，收拾家伙走人，可是东家说什么也不让我们走。后来越闹越凶，村里的人甚至拿砖头敲碎了我们的卡车玻璃，用锥子扎破了我们的卡车轮胎，双方最后打作了一团。我至今也弄不清楚当时谁给了我一砖头。醒来时，我已经躺在了医院里。两个星期后，我被父亲接回了家，从此，父亲再不许我走上舞台。

在我心里始终认为，是父亲毁灭了我的舞台梦。我恨父亲。也正是因为这种仇恨，我开始发奋读书，我要离开父亲，离开这个小山村，我要到遥远的城市去，去那里成就我的梦想和我的未来。

四年后，我 21 岁那年，父亲激动地握着北京一所大学计算机系的录取通知书向我跑来。我对父亲的仇恨，就在那个假期里慢慢消融。我自己也想不到，当真的要离开父亲到遥远的北京去读书的时候，我竟然是那样的不舍。

大一的寒假，我回家，还没进院就听见家里那辆老旧的拖拉机突突突地叫唤，进门看见父亲在费力地摇拖拉机，我放下书包就去帮父亲。父亲看着我笑了，说，把炉子上的开水提来，天凉了，管子也凉，浇点儿热水好发动。我提着黑乎乎的水壶，把热水洒在油罐上，浇进水箱里。父亲不停地摇着摇把，在拖拉机突突的黑烟里我看见了父亲的汗水和鬓角的白发。父亲终于跨上了蹦蹦跳跳的拖拉机，然后回头冲我说："自己煮包方便面，我去地里铲白菜。"我的眼泪就在破旧的拖拉机沉重的马达声远去后落了下来。父亲，老了。

大学四年，父亲种地供我上学，虽然当年我在舞台上曾挣了一些钱，但那个时候我年轻气盛，哪里懂得节省，再加上后来在医院里躺了两个星期，更是一分钱也剩不下来了。而上了大学，接触了来自全国各地的同学，开阔了视野，我才渐渐明白了父亲的苦心。如果不上大学，我也许一辈子都只满足于那个小剧团的小舞台，看不到外面的世界，也不懂得生活的艰辛。

大二那年寒假，我向父亲提出想买台电脑，我知道父亲没钱，但是宿舍里所有的同学都有电脑，更主要的原因是，我非常喜欢电脑，准确地说，我喜欢上了编程。从一个个小小的程序中，我体验到了一种成就感，这种成就感有点像当年我在舞台上的感觉，只不过少了掌声而已。那年春节，父亲四处借钱，开学之前，我五十多岁的父亲真的就将6000块钱交到了我的手里。更令我吃惊的是，父亲还对我说："征征，爹跟你一起去北京。"

我想不到，为了供我上学，为了挣钱还这6000块钱，父亲选择到北京打工。父亲没有知识没有手艺，所以，父亲能够干的只有一种工作，那就是到工地上给人做建筑工人。我不愿意让父亲去，可是父亲却说，要到北京去开开眼，实在不行再回来。就这样，我和父亲一同踏上了北上的火车。

我们宿舍的女生曾经问过我，怎么把那么难学的编程学得那么好。我总是不知该如何回答。我不能不好好学呀。我曾经很多次到工地上去看父亲，父亲一年四季就住在四面透风的工棚里，吃的是白水煮面，喝的是自来水，睡的是破门板，盖的是旧棉絮。大三的时候，父亲还被工地上空掉下来的汽锤砸伤了脑袋，幸好那把汽锤只是从三层楼上掉了下来，否则，父亲就不只是轻微脑震荡了。

本科四年，我也曾为一个男生写过懵懂的日记，也曾和同宿舍的女生去看过露天电影。可是，一想起我的父亲，想起我在工地上劳累的老父亲，我就什么心思都没了。在这个世界上，最疼我最爱我的人只有他——我的父亲，除了好好学习，我真的无以回报。

就在大四下学期，我被保送就读本校研究生之后，我的父亲不幸从工地的脚手架上摔了下来，住院了。那个学期，我忙碌于学校和医院之间，父亲摔得很重，不仅是腿骨骨折，重度脑震荡，就连神志也不太清醒了。直到那个时候，我才真正意识到父亲对我的重要，那段时间我害怕得要死，怕父亲死去。虽然我和父亲之间一直很少交流，但是父亲对我来说，却真的是一棵挡风遮雨的大树，只要父亲在，生活中就没有过不去的火焰山。

父亲的身体并没有因为我的祈祷而完全康复，出院后，我送父亲回了老家，父亲日渐苍老，先是腿脚不灵便起来，而后是反应迟钝起来。我回学校做完了大四的毕业设计，就回家照顾父亲了。

寒假结束的时候，父亲对我说："征征，爹的日子不多了，看着你读到研究生，爹也知足了。爹死的时候，你请亲戚们过来办个喜丧，挣点份子钱，好读书用，爹就不能再供你了。"父亲说得很平静，我却无法平静地听完，父亲啊父亲，你不能走呀，你是我的大树，你走了，我靠谁去呀？

父亲在我研二的时候没的，中国有句老话"子欲养而亲不待"，我还没能尽一点孝道，父亲就撒手而去了。

我遵照父亲的遗愿，请来了亲戚朋友，而且，还请来了当年我曾经唱了三年的那个小剧团。在我青春年少的时候，曾经无所顾忌地在小剧团里为十里八乡的乡亲们唱过无数场红白喜事，如今，我也要为我的父亲唱一场，送他老人家一路走好。这一次，我重新登上舞台，这一次，我为我的父亲歌唱！

当我再次站在这舞台，泪水流下来，父亲啊父亲，难道你真的就这样走了么？女儿再也不恨你了，女儿感谢你，感谢你支撑着我走上人生的上坡路。

这一次，我唱了一首很老很老的歌《酒干倘卖无》：

"多么熟悉的声音，陪我多少年风和雨，从来不需要想起，永远也不会忘记。没有天哪有地，没有地哪有家，没有家哪有你，没有你哪有我。假如你不曾养育我，给我温暖的生活，假如你不曾保护我，我的命运将会是什么？是你抚养我长大，陪我说第一句话，是你给我一个家，让我与你共同拥有它。虽然你不能开口说一句话，却更能明白人世间的黑白与真假，虽然你不会表达你的真情，却付出了热忱的生命。"

父亲树的故事讲完了，故事里的父亲，是千千万万个父亲中最平凡、最卑微的一个。他没有魁梧的身躯，没有很高的收入，甚至很难挣足女儿的学费，然而，他却是女儿在这个世界上最可依靠的大树，为女儿挡风遮雨，扶女儿走向人生的上坡路。

守望者 ◎

这是一个真实的故事,当看见那个孤坟的时候,我听到了这个故事。今天,我把这个故事讲给大家,怀着一种敬畏一种痛楚把这个故事讲给大家听。

也许,在给我讲故事的那个人心里,每到八月十五,苍凉的圆月下都有人狼的叫声。

让我们把时间的碾车开回到那个战火纷飞的年代。

在蒙古广袤的草原边上,有一个叫桑格的小村庄。这个村庄只有几十户人家,靠近绿洲,有着不算宽裕的水源和牧草,村民们过着自给自足的平静生活。当战火波及这个村庄的时候,这个村庄里所有的壮汉揭竿而起,誓死捍卫这个小世界的和平宁静。然而,结果却和鸡蛋碰石头一样悲惨,国民党军队的数百名官兵劫掠了所有的食物和男人，于是，数十名名壮汉被押解着奔赴了未知的战场。

饥饿、鞭挞和劳累渐渐驯服了这些草原的汉子。在日复一日的硝烟中，他们唯一的希望就是结束战争，只有战争结束了，他们才能够重返家园。然而，战争带给他们的除了绝望，就是死亡。

生命在战争面前是那样无足轻重，一个又一个倒下了。当这几十个汉子变成十四个汉子的时候，为首的班长终于做出了这样一个决定，班长从这十四个人中间，挑选了一个最强壮的男人，他遭遇战争之前才有了媳妇，还没有孩子。班长对这个男人说："你冲出去，不管怎么样，你一定要逃回去，桑格不能没有男人，你一定要活着回去，桑格就靠你了！"十三个男人在战争的硝烟里流着泪，掩护这唯一的男人逃出了战场。这个男人身后，一片枪声。

当这个男人历经生生死死逃回村子的时候，已经是他们离开的第五个年头了。当男人看到久违的村庄时，有种重生的悲壮，一个村庄的生死就这样落在了一个人肩上。

快要走进家门的时候，男人有点犹豫，他不知道怎样向媳妇向村人交待那些战死的汉子，他甚至有点懊恼为什么班长独独选中了他，现在，他怎么面对村民，他是唯一的逃兵！

然而，他却远远地看见家门口有个男人在劈柴，刀斧声毫无遮掩钻进他的耳朵。他站住了，停了一会儿。他有点怀疑，躲到了树后，远远地盯着那原本属于自己的家。夜色渐渐掩盖大地，傍晚时分，劈柴的男人走进了屋子，过了一会儿，一个女人走出屋子，把一盆脏水泼到了院子里。树后的男人看见了，那就是自己的媳妇，那就是自己的媳妇！他愤怒了，可是战火带来的沉寂瞬间爬满了他的心头，他决定仔细看看，这个男人到底是谁？到底和自己的媳妇有什么关系？

在夜幕还没有完全盖下来的时候，男人又来到了各家的小院，却没有人能够辨认出他，战火和劳累埋葬了他所有的青春活力，村人只当他是一个落队的伤兵。各家的桌子上都摆着当年被掳走的那些汉子的牌位。男人看见老人们更老了，走不动了，孩子们还没有长大，各家只有被岁月蹂躏的粗壮的女人在忙碌。男人看了一阵辛酸，在心底暗暗感谢班长，这个村庄，需要一个男人来拯救。

夜晚，男人就坐在家门口的大树上，看着自己的家。

那是个结实的康巴汉，粗大的辫子缠绕着红绳盘在头顶。他回屋吃了饭，过了一会儿，走了出来，走出院门的时候和女人说："你早点睡。明早别去挑水了，别累着，我早点来挑。"说完转身就走了。

树上的男人看着康巴汉走了，滑下树来，朝着屋子走过去，在黑暗中，他看见媳妇走出来关院门。媳妇胖了许多，圆滚滚的身子已经不似当年。透过敞开的院门和屋门，他看见正屋的桌子上有一个牌位，他愣了一下，随即，转身又回到了树下。男人明白了，在媳妇眼里，自己已经死了，如果在这么阴暗的夜色下进家，断然会把媳妇吓个半死，于是，男人决定，等天亮再回家。

第二天，天刚蒙蒙亮，康巴汉就来了，男人又开始犹豫，他说不清为什么犹豫，他害怕些什么。

男人饿极了，就到别人家讨点吃的，可就是不肯进自己的家门。

第三天，第四天，第五天，男人也没发现媳妇和康巴汉有什么私情，却总觉得不是那么回事，而且康巴汉不仅帮自己的媳妇挑水劈柴，也帮别人家挑水劈柴，俨然已经成为桑格唯一的男人！但是他每天的第一站和最后一站注定是自己的家门，却又从没有在自己的家里过夜。

一周过去了。这一天正好是八月十五，男人终于下定决心，不管怎样都要走进自己的家门，他迈开大步，向家门走去。原本月朗星稀的天空突然电闪雷鸣，男人流着泪在倾盆的暴雨里走进家门。今天，他看见康巴汉和媳妇关着门在屋里待了很久很久，最后康巴汉疯似地冲到了家门口。

越来越近了，他甚至听见了媳妇的呼吸声，他紧张，他哆嗦，他站在院门前，雨水浇湿了他的面孔，他叩院门，一定是被雨声雷声掩盖了，没有人来开门。他翻过矮墙，走进屋门，再敲，还没动静，他把耳朵贴在门上听，听见了媳妇的喘息声，厚重而急促，夹杂着焦灼的呻吟。男人急了，鲜血和枪炮声给予他的狂暴骤然爆发，他狠狠地朝那扇门踢过去。

门开了，男人看见自己的媳妇赤裸着躺在床上，一床一地的血，滚圆的肚子颤动着，一个小小的东西正挣扎着从媳妇的身子里向外蠕动。

那一晚，村子里所有的人都听到了暴风雨里有一声嚎叫，嚎叫过后，雨却停了，月亮依旧高高圆圆的挂在天上。后来，孩子们都说那是狼叫，老人们却说，那是久违的桑格汉子的叫声。

然而，却从没有桑格汉子回家，没有。从几十名桑格壮汉被掳走的那天起，桑格的老老少少就再没见到过一个当年的桑格汉子。

从那以后，每年八月十五晚上，桑格村的上空都会响起人狼的嚎叫，长长远远的叫声，凄厉地穿过村落，回荡在辽阔的草原上。

给我讲这个故事的男人最后哭着跪在孤坟前，对着孤坟说，人狼，我代我爹娘给您跪下了。

关于这个故事，我无从表达，没有经历过战争、苦难和那般痛楚的我，没有资格去表达。但如今，每个八月十五月圆的时候，我都会想起这个故事。

想起这个故事，耳边仿佛也响起了人狼的嚎叫。

世界上那个截然不同的我 ◎

在这本书快要结束的时候,亲爱的读者,请允许我,再为您讲一个七楼的故事,故事的主角,还是——高林生。

这个故事的另一位主角,高林生曾经咬牙切齿地提过很多次。每次我们夸他"鬼精鬼精",他都撇着嘴,说:"你们还真没见过真正聪明的人。"

直到高林生和七巧结婚,我们才见到了高林生嘴里说的那真正聪明的人。

虽然他匆匆而来,匆匆而去,连一起坐下吃饭的机会都没有给我们。但是那身周正笔挺的西装,那稳重严谨的做派,却让我们就此记住了他——杜长天。

每次想到高林生和杜长天的故事,就想起东野圭吾的那部小说《宿命》。高林生和杜长天，有点像现实的中国版《宿命》，不过生活的细节倒还真的没有那么戏剧化。高林生和杜长天，既不是分别被不同家庭抱养的双胞胎，也没有爱上同一个女人，只是在青春的岁月里，他们是《亮剑》里的李云龙和楚云飞。

第一次听到杜长天的名字，是在非典那年。

当时，七楼的五个兄弟姐妹被困在屋里，安子同学工作的杂志社还出现了间接的非典案例，整个编辑部被拉了隔离障，每个编辑记者都被视作瘟神。当时，超市里最缺的，就是消毒液，不管是84还是滴露，统统被老头老太、家庭主妇们抢购一空。我们这几个后知后觉的青年男女，自然一瓶也没抢到。

我和英子，当时就跟高林生求救，不是我们杞人忧天，2003年非典时期，身在北京的人，必然深知当时空气里的恐慌和不安。

记得当时，高林生叹口气，摊开了手。是啊，他又不是化学家，总不能制造点消毒液或者来苏水给我们吧。而医院，则是任凭戴了24层的细沙口罩，也断然不敢跨入半步的。

可几天后，高林生突然收到一个来自深圳的快递，连高林生自己也感到奇怪。这厮虽然聪明绝顶，却从没听说有什么深圳的好友。

当着我们的面打开包裹，高林生和我们一样吃惊不已，里面竟然躺着八瓶84消毒液！幸亏当时快递行业还不发达，对于邮寄液体物品还没有盘查得那么严格，否则，这八瓶84，必然要被拦截在进入非典重灾区的路上。

我们疑惑地看着高林生,他露出一丝腼腆的笑,不说话。

我和英子念出包裹外寄件人的姓名"杜长天",高林生却起身,走了出去。

七楼的五个人,有各自不同的性格,英子直率豪爽,老幺鲁莽真诚,高林生聪明善良,老五沉默细腻,我马虎大意。所以,每个人倾诉的对象和方式也不尽相同,老幺爱和英子拼酒,高林生爱跟老五聊天,我最喜欢和英子一起。所以,关于杜长天和高林生的故事,其实,是老五讲给我们听的。

老五说,杜长天是高林生的同乡。

这个同乡,可不仅仅是小学同学、初中同学和高中同学那么简单。老五用了一个词来形容这两人的关系,他说:他俩是死对头。

看过安子那篇《有没有人告诉你》的读者,也许还记得,高林生从小学到初中,一直都是人尖,是那种站在背后,指挥小兄弟们打群架;躲在教室里,怂恿小伙伴去偷老师的试卷;每次考试都拿第一第二,每次评先进学生都有他的人尖。不过,就算他在班里,在年级里,有成群的拥护者;就算每周一的升旗仪式上,都是他将巨大的红旗举到旗杆前;就算老师每次都喊他去帮忙改卷子,第一名,却永远不是他高林生的。成绩榜上,第一名的后面,永远有一个让高林生倾尽全力也无法超越的名字,那就是杜长天。

高林生和杜长天不是一类人,从小就不是。

高林生会打群架,会出馊主意,会使坏,也会唆使小伙伴去老师办公室偷卷子;高林生人缘巨好,好到一呼百应,好到女生们连大姨妈来了，不好意思向老师请假，都会找高林生去出主意；高林生深得老师信任，小学六年级的时候，班主任大婚，特意找高林生去学校的各个办公室发请柬，还给了高林生好几包喜糖，让他在自己的婚礼上，用遥控飞机将戒指送到新娘的手上。

而杜长天，从来都不是大家喜欢的那个人，不是。

杜长天始终茕茕孑立，他太优秀，他擅长钢琴、声乐、雕塑、美术……他还擅长游泳、跆拳道、长笛、演讲……他是那种被优越家庭教育出来的全能人才。他每天放学后，不是和小伙伴们一起爬墙摸鱼，惹是生非，而是匆匆忙忙地被父母接走，去上各种兴趣班。只是如此，也就罢了，只可惜，在高林生看来，杜长天始终看不起他们，更看不起他。初中的时候，班里有个女生得了血液疾病，休学了，高林生组织大家去医院看她，喊杜长天一起去的时候，他竟然拒绝，还哼了一声，问高林生：你不知道她得的是什么病么？你不知道无菌病房是不允许人探视的么？这些不知道，高林生都是后来才知道的，但是他却永远地记住了杜长天轻蔑的态度。

事实上，在青葱的岁月里，高林生和杜长天的确就像《亮剑》里的李云龙和楚云飞一样，有过多次交锋。

高林生说，初二的时候，他组织了一场春游，由于家里没有多余的钱给他去游玩，他想了个办法，解决了全班同学的春游费用。

当时，学校后面的一条街上，有个旅馆新开张，旅馆和学校就隔着一道墙，墙上还开了一扇窗户。有一次，有个男孩跑来告诉高林生，旅馆重新装修时，拆除了很多角铁，堆在那道墙下，如果卖给收废品的，应该有不少钱。于是，在春游前，高林生就唆使几个小伙伴，从窗户爬到了墙的那一侧，把那些旧角铁递到了墙的这一侧，当然，高林生没有杀鸡取卵，他还留了一些没有拿。

春游的费用就这样搞定了，杜长天没有参加春游，但是这丝毫没有影响高林生的开心。

不过孩子还是孩子，春游过后不久，高林生和杜长天等人的小学班主任生了孩子，也就是高林生用遥控飞机将结婚戒指送到她手上的"师母"生了孩子，高林生和几个小伙伴想去上个礼，就又打起了剩下的半堆角铁的主意。

然而，就在他们将剩下的角铁，又捣鼓了一半到墙这边之后，杜长天突然出现在了面前，看到高林生指手画脚地唆使小伙伴们将角铁藏好，冷笑着走过来，对高林生说："我劝你们还是还回去吧，我爸说，旅馆已经报案了。"

杜长天的父亲，是小镇公安局的一把手。

那件事，让高林生颇有挫败感，当他故作镇定地质问杜长天"你什么意思"的时候，杜长天指着那堆角铁，幽幽地说："要想人不知，除非己莫为，我不想破坏你们的春游，可你们也不能太放肆。"

杜长天走后，高林生无奈地指挥小伙伴们，将那堆角铁又搬回了墙那边。他至今也不明白，杜长天怎么知道了他们的秘密，唯一的解释就是，杜长天一直在关注他，一直在与他为敌。

那么后来呢？

后来，杜长天和高林生分别考上了不同的大学，一个学文，一个学理。当时，高林生还嘲笑杜长天，说一个大男人，天天摇头晃脑，读诗写字，弹琴唱歌，真丢人。杜长天不屑，只是在大学一年级搬家的时候，把一箱子书托人送给了高林生，还同时托人给高林生带了一句话，那就是"这些书我用不着了，班长，你也看看，做男人要高雅一点才好"。气得高林生把那一箱子书统统塞进了床下。

事实上，上了大学之后，高林生时常会想起杜长天，没了这个从小学时代始终和自己旗鼓相当的对手，他觉得空落落的。

虽然高林生和杜长天，根本谈不上是朋友，但是高林生却习惯了他的存在。从小学到高中毕业，似乎只要在校园里，杜长天的眼睛就会盯着自己，让自己坐立不安，让自己总想彰显，总想超越。

高林生是在大一的寒假，拆开杜长天托人送来的那箱书的。在一堆高林生觉得太奶油的小说和音乐、美术书籍之中，他翻到了一个塑料皮的笔记本。笔记本上记录的是乐谱，高林生一页一页翻看，他的内心里，在渴盼，渴盼发现那个秘密，那个使得杜长天始终超越自己的秘密。

然而，高林生却什么都没找到，他仅仅在这本笔记本的最后，发现了一个书单，书单上有几本书的名字，让高林生颇为惊讶。

老五说，高林生跟他说那几本书的时候，他还以为是什么好书，没想到，不过是几本有关人际关系的烂书，不过老五还是很认真地对我们说:"看来,杜长天也并非老高所想象的那样,他小时候肯定也想和大家打成一片,要不他干吗要特意列出有关人际关系的书单呢?"

是啊,其实,成为对手的两个人,一定是势均力敌的两个人,你所擅长的,也许正是对手的短板。所以,成为对手的两个人,应该都在暗地里,拼命地寻找,寻找那个使得对方超越自己的密码。

七楼的五个人之间,其实是没有太多秘密的,高林生必然知道,老五会将自己和杜长天的故事告诉我们,所以在非典之后不久,我们问他,如何回应杜长天的八瓶84消毒液的时候,他也并没有隐瞒自己的沮丧。

"我和他争了这么多年,还是输给了他,他现在在的深圳比北京前沿;他给我寄84消毒液的时候,一定在蔑视地笑。"

英子瞪了高林生一眼:"呸,你以为所有人都像你一样小心眼啊,人家要是蔑视你,用得着费这么大力气给你快递那么老多消毒液啊?"

高林生没有回答。

高林生和七巧结婚的时候,杜长天匆匆而来,是从厦门赶来的。当时,杜长天已经是半个公众人物了,厦大的知名教授,常常在各种电视节目里客串嘉宾,惹眼的单身王老五。

杜长天赶到的时候,高林生愣了。

"这一次,你抢在我前面了。"这就是杜长天的贺词。

高林生尴尬地笑。

杜长天走的时候，高林生送出门外。

隔着窗户玻璃，我看见高林生递给杜长天一个狭长的黑盒子。

那个盒子我认识！

那一年，非典刚过，高林生就托我帮他买一根长笛。不是竹笛，是铜管乐器，大几千一支的那种。

我当时也不过是初学者，跟我的老师咨询了老半天，才给他选了一支。

当时，我以为高林生看我学长笛好奇，也想学学。可后来，我却从没见过那只长笛。

我不会认错，就是那个盒子。

当时我问高林生："要进口的，还是国产的？"

他问我："哪个好？"

我说："当然是进口的好。"

他狠了狠心，说："就买最好的。"

我撇撇嘴："最好的？村松的最好，上万，你初学，还是算了吧。"

他凶巴巴地对我说："肯定比你吹得好，就买村松。"

后来，我还是 Hold 得住，托老师帮忙从国外代购了一款大几千的村松。那支纯银笛头、17孔的村松长笛，是我经手的最好的长笛，所以那个黑漆皮、有金灿灿商标的盒子，我绝不会认错。

关于那支长笛，我从没再提过。

我也从没见高林生拿出来过，我以为，他不过是被非典压抑了太久，一时冲动买了它，并不真的想学。

只是，我没有想到，他会将它保存了这么久，这么久。

高林生和七巧婚后一年，按揭买了一套小户型。

当时老幺已经追随马克思去了，我、老五和英子，去给老高两口子燎锅底。

我打趣地问："七巧，你俩行啊，这结婚才一年，就买房了。"

七巧兴高采烈地说："本来没想买，是老高人缘好，有个老同学直接借了他二十万，还不要利息。"

我扭头看高林生，他转身走进厨房。

我转头看了看老五，老五冲我笑。

吃饭的时候，高林生放了一首老歌，是姜育恒的《跟往事干杯》：

"干杯朋友，就让那一切成流水。把那往事，当做一场宿醉……请与我举起杯，跟往事干杯。"

我相信，对于高林生和杜长天来说，一辈子的对手，也是，一辈子的好朋友。

温情的传承 ◎

　　这是母亲的故事,从小到大,这个故事听了许多次,终于有一天,怂恿母亲写下了这个温暖的亲情故事,很温暖,很熨帖。

　　亲爱的读者,请允许安子,将这篇文章放在本书的最后,那些青春激荡的岁月里,我们最该感谢的人,就是我们的父母。希望父母那代人的温暖亲情,能够如不谢之花,代代相传。

　　下文,是以母亲的口吻,讲述上一代人的温暖亲情,也许我的每一个读者,也都听到过上一辈人的故事。

　　妈妈四十六岁生我,所以在我的记忆里,妈妈就没有年轻过,始终是一个头上盘着小卷儿,上穿黑色大襟上衣,下穿黑色大裆裤,宽宽的裤腿用带子紧紧裹着下端,穿双黑色尖口鞋的小脚老妇人。勤劳的妈妈瘦瘦高高的身材,微卷的自然发,一双有神的大眼睛,眼窝略显凹陷，看上去是那么坚强和慈祥。在漫长的岁月里就是这瘦瘦的身躯牢牢地撑起一把伞，为家庭遮阳、挡风、隔雨。

特殊的日子里，我总忘不了把铺在床上的那条土黄色毛毡拿到阳台上晒一晒。像妈妈的生日、我自己的生日、我女儿的生日、春节等，我总是认真地整理，花上点儿时间清洁晾晒。这条毛毡在我的心中分量很重。今天是双休日，又到清明节了，和往年一样，在这个日子里我就把毛毡拿到阳台上晾晒。许多往事涌上心头，历历在目，妈妈的许多话语又在耳边响起。虽说这条毛毡看上去从材料、质地、制造上比起家中现有的多条艳丽、漂亮的新毛毡落后多了，可它比所有那些都贵重得多，因为它代表了妈妈对女儿的爱心，妈妈对女儿的一切寄托和所有希望。看见了这条毛毡我仿佛看到了妈妈那灵活的身影。听到了妈妈一遍遍喊着我的乳名儿，不停地对我叮咛，仿佛妈妈的心永远也不会停止跳动。

记得小时候我跟在妈妈的身后去河边洗衣，到野外去挖野菜，我蹲在河岸上看着妈妈在河边的石头上洗衣服，我挖出一颗野菜，就快活地放进妈妈的提篮里。每当旁边的人问起，你身后的小姑娘是谁时，妈妈总是幸福又慈爱地说："我的小奶干。"妈妈从未打过我或骂过我。记得五岁时，有一次我把妈妈气得不得了，无奈之下她拿了一只筷子以示要打我，我钻到桌子底下，妈妈直敲桌子，我在桌子底下咯咯大笑，妈妈也笑了起来。就这样，在这平凡而又宁静的岁月，在偏僻的乡村里，这一老一少编织着一个又一个甜美的故事。

十三岁那年，我意外地考上了戏剧学校，在外工作的爸爸不同意我去学戏，可我执意要去，是妈妈支持了我。她背着爸爸给我准备行李，步行二十多里把我送到了学校，临走时把身上仅有的五元钱塞到我手里，那时的五元钱就是半个多月的生活费。因为当时交通不方便，每次戏校探家返回时，妈妈总是步行沿着弯弯的小道走二十多里送我到戏校，连坐下喘口气喝口水都不肯就转身往回走。多少个烈日炎炎或雨雪交加的日子，妈妈离去的背影，在呼呼的风中，淅淅沥沥的雨雪中，至今历历在目。

二十岁那年，我正在大学里读书，爸爸不幸病故，我怕妈妈承受不了沉重的精神打击，就把她带到了学校，想让妈妈散散心。到学校后妈妈情绪很快稳定下来，一周后，妈妈怕影响我的学习，就提出要回老家。当时连续几天下大雪，我劝她再等几日，可第二天我正在教室上课的时候，同学转告我她回家了。我一口气跑回了寝室，妈妈已经走了。只见白白的雪地上留下了长长的一串脚印，我耳边好似轰轰的火车声呼啸而过，载着妈妈对女儿的期望向前驶去，好像看见一个孤独的身影咯吱咯吱地走在白雪皑皑、漫长空旷的回家路上。

结婚后我有了女儿，女儿初中上重点学校重点班，丈夫工作忙，还要照顾学习繁重的女儿，我自己回远在数百里之遥的老家看望妈妈。那年妈妈都80岁了，可她头脑还很清醒，耳也不聋，晚上我和母亲睡在一张床上，一晚上妈妈给我讲了许多许多的故事，她不会用很高深的语言、词语表达什么，只是很深切地告诉女儿：

"无论多难、多苦、多委屈的时候你都不要掉泪。"是的,妈妈很坚强,从不在人前落泪,一生她经历无数的艰难困苦,坎坎坷坷,总是微笑着面对生活。

第二天我要回去了,妈妈从自己的床上把一条毛毡揭了下来,用她那布满皱纹的双手,慢慢地把毛毡叠得整整齐齐,用一个白布单包裹得规规矩矩送我上路,我知道这条毛毡是妈妈唯一值钱的东西啦!在她的床上铺了六十个年头,还是她二十岁时的陪嫁,妈妈很爱惜。现在妈妈自己已经老了,生老病死,自然规律,她想永远陪伴女儿,可自己无奈,把这条毛毡送给女儿代表自己的一颗慈母心,愿它在女儿以后的岁月里,劳累时驱走所有疲惫,寒冷时驱走所有风寒,抚慰所有的辛酸伤痛,希望女儿能永远健康幸福地生活!

这条毛毡是妈妈留给我的珍贵遗产。它和那些大富翁名下的百万千万巨额遗产相比更加珍贵,千金难买。从此那条毛毡就铺在了我的床上。

妈妈八十四岁那年得了脑溢血,病床上的妈妈再也认不得自己呵护最多的女儿了。任凭我千呼万唤,妈妈还是永远走了,唯有铺在我床上的这条毛毡永远载着妈妈的爱,妈妈的情,妈妈的千言万语,千般叮咛,万般嘱咐……妈妈那永远跳动的心和母爱的温暖都在其中。这条毛毡也浸透了女儿对妈妈的无比怀念,伴着一代又一代。

那一次,晾晒毛毡的时候,我女儿把一块整齐洁白的布块缝在毛毡的一角,并在白布上工工整整地写上:

1927年姥姥的妈妈送给姥姥,

1987年姥姥送给妈妈。

后记 ◎

献给你我勇往直前的青春

某个凌晨,从睡梦中醒来,脑海里突然浮现出许巍的歌《完美生活》,那是我曾经最喜欢的歌,"青春的岁月我们身不由己,只因这胸中烧燃的梦想;青春的岁月放浪的生涯,就任这时光奔腾如流水。体会这狂野体会孤独,体会这欢乐,爱恨离别。"于是,我睡不着了,记忆的闸门打开,青春的影像争先恐后地从心底深处涌出,挨挨挤挤,这个凌晨,连房间都显得逼仄起来。于是爬起来,敲字。

曾经的青春就在这雾霭重重的凌晨倾倒出来,一下子烈酒一样呛住了我。想落泪,却又想笑,因为这杯烈酒,是我倒给自己的，我一直勇往直前地向前冲，跌跌撞撞，不管不顾，直到今日，直到明日，直到永远。

可要说起我的青春，又打哪儿说起呢？且将青春一饮而尽，然后呢？然后，就是五脏六腑的烧灼，就是肆无忌惮的宣泄，然后，然后，就是现在。

请允许我将笔调调整的稍显华丽，事实上，文如其人，我的文字和我的人一样，始终是二锅头的味道，普通到不能再普通，可二锅头喝多了，一样也会醉，清醒地勇往直前了这么多年，就让我大醉一场吧！

我和很多很多走在北京街头的青年人一样，是从故乡到北京来打拼的，打拼这个词虽然稍显苦涩，但事实上，青春的岁月里，我们对这个词是甘之如饴的，因为这是我们自己的选择。所有的奋斗，都是为了将来有一天，我们能够笑着回首自己的青春，笑对同龄的故乡人和故乡的长辈，坦然而舒畅地回到故乡，说：我想回来看看。

于是，被无数个模板刻画了千万次的北漂生活就此开始。

尽管北漂这个词已经快磨破了耳朵上的茧子，可这杯烈酒却各有各的不同。

还是说说我的吧。

如果要问我在北漂生活中学会的最重要的一件事是什么？

我要笑着回答：低下头生活。

我曾经是一个骄傲的人，一个多么骄傲的人啊！高考的时候，我得到的第一个消息,不是我考了多少分,也不是我考上了什么学校,而是我高考作文的分数。至于究竟是多少,由于我只顾向前跑,很多细节都被岁月洗刷掉了,不过数年来,我从未对自己的文字失去过信心,所谓自信,必定有根源。

我曾经是一个多么骄傲的人啊!当年,参加了如今仍旧被无数茫然的青年挤破头的公务员考试后,我竟然悠悠然和校外的一个大男孩去少林寺坐缆车了,而之前,我被通知,通过了录取率低到让人咋舌的公务员考试,当日面试。我当年的选择,曾令无数人扼腕和咋舌。

我所有的骄傲和放弃,只是因为,我认定,自己会有更好的青春。

然而,更好的青春,却意味着,你要将旧有的自己打破,将那些锐利的棱角折断,将所有的锋芒朝向自己,然后,在无数次锥心刺骨的疼痛后,重塑自我,然后,再继续,没心没肺地勇往直前。

别怪我说得太残酷,青春真的是一杯烈酒,如果它不是一杯烈酒,你又如何酣畅淋漓地活一回?

好吧,接着说回我自己。

年轻的时候,都想离开家,都觉得外面的世界更精彩,我也不例外。揣了8000块钱来到北京,被西客站穿绿色军大衣的阿姨开车拉到翠微大厦旁边的小胡同里的破旧宾馆住了两天。攥着《手拉手》和北京地图,默念着上北下南左西右东跑了两天西二环,终于在长安街旁边老胡同里土坯地面的四合院单间，和月坛北街幽静的老四层楼的单间之间做出了选择。于是，花了70块大洋打车去了永定门车站，取了托运来的心爱的电脑，住进了月坛北街那个可爱的小院子。

这辈子，最感谢的人，就是父母，无论什么时候，他们永远坚定地站在我身后。直到很多年之后，我才找到自己一直勇往直前的原因，那是因为，他们一直都在，无时无刻，让我永不害怕失败，永远像头倔驴一样向前冲。所以，我一直是个勇敢的人，一个勇敢的女孩，无所畏惧，乐观向上。

然而当时却以为自己只有自己，因为放弃了太多，甚至放弃了他们铺就和认可的生活。可他们依然支持我，在将所有他们认定正确的道理掰开了揉碎了跟我唠叨无数次之后，叹着气，向单位请了假，来北京为他们唯一的孩子——我，料理最初的北漂生活。

从未想过父母当年为我做过什么，一直以为所有的选择，所有的努力都是自己的，然而当岁月教会了我柴米油盐酱醋茶，教会了我低下头来看世界、发现世界，我终于明白，如果没有当初母亲几个月的陪伴和照料，我如何能够心无旁骛地在崭新的北漂生活里横冲直撞，开心地跟二环里天空上的鸽子一样，飞跑着奔向向往的生活。

那么，我向往的生活究竟是什么？

我向往的生活，不是锦衣玉食，不是功成名就，更不是嫁入豪门，这些都跟我无关，我关心的永远只有两个字：写作。是的，小学一年级的时候,我看完六小龄童版的《西游记》,就在天天陪伴自己的《新华字典》的扉页上写下了歪歪扭扭三个字:吴承恩。那本新华字典至今父亲还在用。在我的第一篇日记里,就有这样一句话,"我要像吴承恩一样"。

第一家去的单位,是一家杂志社,它位于二环里的官园育强胡同,我至今怀恋那个老院子。青春里最澎湃的梦想,最激动的岁月和最焦灼的成长,就在那个有几棵老柿子树的小院里绽放。

至今我还有一个梦想,那就是二环里的院子,虽然今天的我已经赚出了当年能够买下那个院子的那些钱,可今日的那个院子,却已经比那些钱翻番了很多很多倍,以至于也许我耗尽一生,也无法拥有。不过,拥有这样一个浪漫的梦想,却让我始终都觉得很开心,有梦想的人内心是快乐的,永远不会绝望,不会放弃。

那几棵老柿子树,见证了我青涩的成长,至今我还留着一本杂志,上面刊载有我在那个院子里的一棵柿子树下拍摄的一张照片,和我描绘那段工作的一篇文章。虽然那时候常常感到焦灼,感到自己像在爬山,却怎么爬也看不清楚脚下的路在何方。

我去的第二家单位,是中国第一金字招牌的媒体,在那里,我见识了太多的俊男靓女,也见识了太多的背景关系,在那里,我倔强的用我的笔,去探寻世界探寻未来。

感谢曾经的这两份工作,它们让来自他乡的我,看到了一切皆有可能,看到了更广阔的世界。如今对于我来说,已经不再是世界有多大,舞台有多大,而是不管世界有多大,我能走多远,世界就有多广阔。

我就像一个莽撞的砍柴人,一路上,将自己手中的笔当作一柄披荆斩棘的板斧,横冲直撞地向前砍,向前冲。我始终想像吴承恩笔下的孙悟空一样,虽然没有唐僧可以追随,但依旧可以打打杀杀一路向西。我也曾经迷茫过,我也曾经失望过,我也曾经消沉过,可一切过后,我还是那只孙猴子,就算被大石压顶,心里也永远不会绝望。人活着,总要有希望,否则,活与不活又有什么区别呢?

再说回来我的青春岁月,我始终自诩青春有青春做资本,于是任性地去体会这狂野体会孤独,体会这欢乐,爱恨离别。我用自己的青春去实践了太多的东西,有叛逆,有倔强,有不羁,有执着,也有太多的泪,太多的痛,于是,那些曾经的骄傲、无知和莽撞,渐渐在一次次折断了棱角,刺痛自己之后,消散、收敛。然而我的内心,却始终是固执的,没了傲气,却始终葆有傲骨,宛如我在青春岁月里经常对自己说的一句话:这个世界上,看不起我的人多了,不多一个不少一个;看得起我的人也多了,不少一个不多一个。于是,我继续无畏地向前冲,像挥舞金箍棒一样挥舞着我的笔,冲到了诸位读者面前。

可惜,我不是一个聪明的猴子,我不会在一路向西的旅途中,做得四平八稳,做得滴水不漏;我也不是一个乖巧的猴子,我从来不听人劝,总是在一次次跌倒后,才明白世道险恶人心叵测。可惜,我没有孙悟空的火眼金睛,我一次次跌倒在这样那样的陷阱里，连最恶俗的故事里，都有我悲惨的背影，不过，我总会爬起来的，感谢那些帮助过我的人，也感谢那些利用过我的人，更感谢那些曾经与我为敌的人，是你们，教我成长，教我长成一个千锤百炼的不死孙猴。

好吧，天亮了，就让我给您泡壶菊花茶，拿把蒲扇，搬个马扎，絮絮叨叨，重新翻开这本书，一起聊聊，那些勇往直前的莽撞青春。

安子

2017 年 6 月 8 日凌晨